문학/사상 4

귀신, 유령의 군도

2021

산지니

차례

5 ≡ 『문학/사상』 4호를 내며

Π 비판-비평

11 **환상, 범람, 귀신**
-1948. 4. 3과 1948. 10. 19의 문화적, 문학적 원체험
김만석 독립연구자

36 **해방인민으로 살게 하라**
-'정주자' 자격으로 사는 재일조선인을 위하여
김미혜 도쿄대학대학원종합문화연구과 특임연구원

62 **유령들의 길거리문학路上文學으로의 초대**
-김시종 · 홈리스 · HARUKO들
고영란 니혼대학 문리학부 교수, **윤인로** 옮김

Σ 시

89 **코로나 검사소에서**
91 **위험한 집**
박승민 시인

93 **빛의 다큐**
95 **에버그린**
김미령 시인

98 **여는 기쁨**
100 **병원**
이기리 시인

∮ 소설

105 하루의 성자
김가경 소설가

X 현장-비평

131 해양문학 장르 발생론
구모룡 문학평론가

∞ 쟁점-서평

145 짓눌린 혈관과 심장의 르포
『과로의 섬』
김서라 광주모더니즘, 미술평론가

154 정말 먼 곳의 퀴어들
『시골시인-K』
한재섭 광주모더니즘, 〈씬1980〉 편집장

165 형제복지원, 폭력(a) < 저항(b), 진실규명의 반격
『절멸과 갱생 사이』
전갑생 서울대 사회발전연구소 객원연구원

174 이것은 꿈이 아니다
『유토피아로 가는 네 번째 방법』
이정임 소설가

∽ 연속비평

183 「폭력-비판을 위하여」의 행간번역 (3)
윤인로 『신정-정치』 저자

≡『문학/사상』 4호를 내며

〈귀신, 유령의 군도群島〉. 이 표제로 이번 4호를 엮는다. 이른바 유령적인 것 또는 귀鬼적인 것이란 실체적인 것 혹은 정상적인 것의 경계 획정상태를 때때로 의문에 부치게 만들지 않는가. 여기 수록된 박승민의 시에서 따와 다시 제시하자면, "보이지 않는 세계는 얼마나 위험한가. / 보이는 것만 믿는 믿음의 형제들, […] 보이지 않는 것이 / 보이는 것을 통제했다. / 움직이는 모든 것을 중단시켰다." 특집의 첫 글이 되고 있는 김만석의 「환상, 범람, 귀신: 1948. 4. 3과 1948. 10. 19의 문화적, 문학적 원체험」의 출발선 가운데 하나는 다음과 같다: "제주도와 전라남도 지방을 국민이 거주하지 않는 '섬'으로 일방적으로 규정함으로써 내전을 수행할 수 있는 근거로 삼았다고 할 수 있다." 그 섬, 무인도는 비국민=유령의 집합적 표상이며 내전과 주권획정 간의 유혈적인 변증법을 정당화하는 피[血]의 현시체이다. 이와 관련하여 소설 「흉몽」(1949)과 「휴화산」(1973)에 대한 김만석의 비평은 "주권의 영속성을 보장하는 수단"들의 폭력연관에 대한 생동감 있는 표현들을 전해줄 것이다. 김미혜의 「해방인민으로 살게 하라: '정주자' 자격으로 사는 재일조선인을 위하여」는 이른바 '1차 자료'적이다. 그의 다음과 같은 자기-정체성-자격에 관한 진술을 끊지 않고 옮겨두고자 한다. "나는 해방 후에 제주도에서 '밀항'을 해온 부모 슬하에서 자라나 오늘까지 일본에서 살고 있는 '정주자' 조선인이다. 여기서의 '정주자'라는 말은 나의 재류자격을 뜻하는데 아마 한국에서는 '정주자' 재일조선인이라는 단어는 많이 낯설지 않을까 싶다. 사실 일본에서도 '정주자' 재일조선인들의 이야기는 잘 알려져 있지 않다." 그의 글에 실린, 일본 법무성 입국관리사무소가 7살의 김미혜에게 보낸 「인정認定 통지서」의 원본 이미지는 말 그대로 '압도적'이다(그 문서 속에서 7살의 그는 "용의자容疑者"로 적시摘示/敵視된다). 글과 말이 그 이미지를 재현하기란 쉽지 않을 것이라고 느꼈다. 그 정체성-자격에 의해 격리되고 박리되는 삶의 특정 상태 곁에 있고자 하는 이에게 일독을 권한다(가족의 코로나 감염과 예기치 못했던 다사다난함 속에서도 끈질기게 글을 축조해 주신 김미혜 선생께 깊은 감사를 표한다). 고영란의 「유령들의 길거리문학路上文學으로의 초대: 김시종 · 홈리스 · HARUKO들」은 "남성젠더화"의 권력상태 바깥을 개시하는 강력한 힘과 논리를 보여주며, "HARUKO어語" 및 "'도'의 정치학" 같은 조어造語의 비평적 역량과 그 정당성을 독자들에게 고지할 것이다. 다음과 같은 한 대목을 앞질러 인용해 놓고자 한다. "그녀들의 고유명은 전부 한자로 표기되고 있지만, 그녀들은 자신의 이름을 읽을 수도 쓸 수도 없었다. 그렇다고 한다면 누가 그 이름을 이동시켰는가라는 당연한 의문이 떠오를 것이며, 동시에 그녀들이 일본에서의 체류자격을 안정적으로 얻게 됐던 과정에서 김시종과 마찬가지로 '유령'이 되는 쪽을 선택했을 가능성 역시도 부정할 수 없는 것이다. 그러나 중대한 것은 본인들이 건드리지 않으려는 과거의 그 시간을 역사적 증언이라는 이름 아래 들추어내는 일이 아니다."

이번 호부터 문학 작품을 싣기로 했다. 박승민의 「코로나 검사소」와 「위험한 집」, 김미령의 「빛의 다큐」와 「에버그린」, 이기리의 「여는 기쁨」과 「병원」 등의 시를 수록했고, 소설로는 김가경의 「하루의 성자」를 수록했다. 비평지로서는 숨통을 트이게 해주는 작품들이지만, 단지 그런 협소한 의미로만 규정될 수 없는 문예文藝의 힘을 선물해 주리라고 생각한다. '현장-비평'의 카테고리에 수록된 글은 구모룡의 「해양문학 장르 발생론」이다. 거시적인 관점과 구체적인 텍스트 비평으로 직조되고 있는 그 글은 근원에서 장르론이며, 그에 더해 장르의 발생론인바, 말 그대로 '이론적인 것'이다. 지면이 좁게 느껴지는, 의지의 스케일이 큰 탐색 작업으로 읽힐 것이며 관심 있는 이들에게 향후의 전개를 상상하도록 하지 않을까 한다. '쟁점-서평'의 카테고리 안에는 4권의 저작에 대한 글을 실었다. 황이링, 까오요우즈의 『과로의 섬』(장향미 옮김)에 대해서는 김서라의 「짓눌린 혈관과 심장의 르포」를, 석민재, 권상진, 유승영, 권수진, 서형국, 이필의 『시골시인-K』에 대해서는 한재섭의 「정말 먼 곳의 퀴어들」을, 서울대학교 사회학과 형제복지원연구팀 편 『절멸과 갱생 사이』에 대해서는 전갑생의 「형제복지원, 폭력(a) 〈 저항(b), 진실규명의 반격」을, 정광모의 『유토피아로 가는 네 번째 방법』에 대해서는 이정임의 「이것은 꿈이 아니다」를 독서의 길잡이로 삼아 읽을 수 있다. 글을 주신 네 분의 서평자께 감사의 인사를 올린다. '연속비평' 카테고리에는 윤인로의 글을 실었다. 「「폭력-비판을 위하여」의 행간번역(3)」이라는 제목이고, 예고된 대로 이번 3회에서 연재가 마무리된다. 관심 있는 이에게 가닿기를 기다리게 된다.

다시 한 번 이번 호의 표제를 타이핑한다. 〈귀신, 유령의 군도〉. 첫머리에 인용한 박승민의 또 다른 시에 나오는 다음 시어들을 통해, 그런 군도의 전쟁상태가 일순 누그러지는 시공간의 구축에 대해 상상해 보게 된다. 그 시어들로 이 머리

말을 끝맺고자 한다: "진퇴양난의 인간이 뒷발로 돌아 나올 때 / 조금씩 환해지는 집 / 그 속으로 멈췄던 숲의 바람이 흘러들어 / 막 씻어낸 시간들이 탄생하는 집."

『문학/사상』 편집진

함께 씀

II 비판-비평

환상, 범람, 귀신-1948. 4. 3과 1948. 10. 19의 문화적, 문학적 원체험

김만석

1. '냉전'이라는 돌림병

냉전 체제가 종결되었다는 '선언'이 제출된 지 이미 30여 년에 이르고 있지만, '냉전 체제'가 종식되었다고 섣불리 믿는 것은 불가능하다. 여전히 '역사투쟁'이나 '국가 기원(건국) 담론'이 맹렬하게 도출되고 있고 사회적 이슈로 자리잡고 있다는 점에서, 해방을 통해서 형성된 냉전 체제가 소멸되었다고 말할 수는 없다. 이는 한편으로 현실 정치체제의 변화(독재에서 민주로의 이행)와 더불어 독재와 냉전체제의 유산이 아직도 사라져버리지 않았다는 것을 뜻한다. 냉전의 격렬한 '적대'의 에너지가 완전히 일소되어, 이른바 '민주' 사회에 돌입해 있는 것인지 의문스럽다는 것이다. 무의식이 의식을 결정하고 행위를 통제한다는 정신분석학적인 견해에 따른다면, 냉전체제를 통해서 받아들인 '무의식적 구조'가 말소되었다기보다 변이되거나 변경되었을 뿐, 실제로는 '지속'하고 있다는 견해가 더 설득력을 지닌 것처럼 보인다. 일테면, '환상사지'의 경험에서 알 수 있듯, 신체의 일부가 잘려나갔음에도(냉전이 종식되었음에도) 잘려나간 신체로 '리비도 경제'가 지속되기 때문에 환상통을 경험(탈냉전)한다는 지적은 냉전체제와 탈냉전체제를 사유하는 데에 매우 중요한 시사점을 제공하고 있는 것처럼 여겨진다.

냉전이 남긴 여러 유산 가운데, 응징해야 할 적을 저편에 두고 경쟁하는 이항대립적 구조(와 이를 이론적으로 밝혔던 철학적(인문학적) 사유(구조주의, structuralism))가 '냉전체제' 아래에서 완성되었다는 사실도 염두에 두어야 한다. 흔히 말하는 이항대립을 담론의 층위에서 보자면, '논리적'인 문제일 뿐이겠지만, 실상 이항대립은 한쪽의 절멸을 선언하지 않는다면, 현실적으로 말해 이항대립의 한 축이 '절멸'될 때까지 영구적으로 지속되어야 하는 (전시)체제(regime)를 의미한다. 그러므로 냉전체제에서 이 절멸의 공포에 맞서는 방법은 적으로 간주된 존재를 끊임없이 '증오'하고 그 적들을 발본색원하거나 내부의 적을 샅샅이 찾아내어 고발하고 모호할 경우 집단학살을 동반하기도 하며 심지어 내전을 통해, 단어의 정확한 의미에서, (적의 완전한) 절멸을 완성하려고 시도하는 것은 당연하다. 그렇다면 우리는 이 항구적인 '전쟁 상태'

/'적에 대한 증오'하는 훈련을 일상적 삶의 영역에서 수행했다고 할 수 있다.

다시 말해, 기이한 신념(반공주의 혹은 냉전시스템)의 '자명성'(실정성)을 '해체'할 수 있는 방법은 없는 것인지 물어보아야 한다. 반공주의와 전체주의로 대표되는 냉전체제의 유산들을 지금—여기에서 더 이상 확인할 수 없음에도, 이 체제로부터 물려받은 다양한 경험들이 완전히 소거되지 않고 있다면, 이를 극복할 수 있는 방법을 모색하기 위해서는 냉전을 가능하게 만든 그 장소로 되돌아가야 할 필요가 있다. 해방 전후와 이른바 '여순'에서 가장 폭력적으로 일어난 역사적 계기들이 시사해주는 바가 있을 터이다. 가령, 1937년 중일전쟁이 발발하면서 '신체제'가 선언된 이후 총독부와 제국 사이에 생겨났던 미묘한 입장 차이에서 확인할 수 있듯, 조선의 지식인은 1930년대 초반에 나타났던 저항적 의지를 선회하여 제국의 영토 전체를 상상하면서 자신들의 위치를 규정하기 시작한다. 하여, 이른바 '국민문학' 담론이 서서히 대두되면서 대동아공영권의 논리를 조선의 지식인들에 의해 적극적으로 확산되었다. 일테면, 1930년대 후반에서 40년대 전반기에 이루어진 시적 실천 역시 이런 궤적 위에 놓여 있었는데, 그 가운데 '남방시'와 그와 유사한 형식으로 규정되는 시들이 확인된다.

요컨대 아시아태평양전쟁(대동아전쟁)이 '남방'을 대상으로 비전투원을 대상으로 한 공격과 살육을 자행함으로써 주권을 획득하는 방식(오키나와 전투가 가장 대표적이다)이었다면, '신생독립국가'가 형성되는 과정에서 제주도와 전라남도 지방을 국민이 거주하지 않는 '섬'으로 일방적으로 규정함으로써 내전을 수행할 수 있는 근거로 삼았다고 할 수 있다. 법적 근거가 없는 계엄령의 선포(1948. 10. 22)에서부터 국가보안법의 공포(1948. 12. 1) 그리고 국민보도연맹 창설(1949. 6. 5)로 이어지는 일련의 초법적 '법'의 등장은 주권의 실현 방식이 끊임 없는 '희생자'(호모사케르)를 필요로 한다는 것을 의미하는 것이었다. 달리 말해, 이러한 희생자들을 통해서'만' 주권(국가)이 등장할 수 있었으며 언제든 희생될 수 있는 (비)국민을 잠재적으로 조직함으로써 주권이 성립되었다는 것을 의미한다. 가담자 색출(1949. 11. 1)과 한국전쟁 발발 후 긴급명령으로 내려진 국민보도연맹 학살명령(1950. 6. 28)이 대표적이다.

이는 이 역사적 문제를 전후 냉전체제와 국민국가 수립의 과정에서 일어난, 전남 전체와 경남 일부 남해안 지역에서 발생한 '내전'으로 보도록 요청한다. 사실상의 '사냥'이었던 이 흐름은 국가기구와 군대, 경찰 그리고 민간단체와 당시 언론과 예술인들(문학[문교부의 주선으로 만들어진 문인조사반], 보도사진[반란사진전(여수순천반란현지사진전람회);1948년 11월 21일~28일, 이후 12월 4일까지 연장 전시를 하고 전국순

회전으로 확대, 서울화신백화점])이 동시다발적으로 포획하여 살육전을 벌인 것이었다. 해방을 지나 미군정의 지배 그리고 국가 형성이 이루어졌음에도 제1공화국은 제주도가 포함된 전남 지역을 '섬'으로 조직하되 이를 다시 점령하는 '내전'을 초래함으로써, 이들 지역을 전쟁상태로 영속화하게 된다. '섬'을 '무인도'로 규정하고 유럽 자신을 '의사-대륙'으로 이해한 식민주의적 지배와 침탈(『군도의 역사사회학』)을 고스란히 제1공화국이 자국민을 대상으로 수행했다고 할 수 있다.

제1공화국 내 경찰과 군대와 같은 억압적 국가기구의 실권자들이 실제로 '일제'의 식민주의적 훈련 아래에서 성장했으며 역사적으로 '남양'에 대한 점령과 일제 말기의 '남방 열기'로 일컫어지는 '남방 담론'의 확산이라는 과정으로부터 이 문제를 들여다보지 않으면 해명되기 어렵다. 공교롭게도 일제 말기의 신문과 매체에 실린 수많은 문화, 예술적 실천들이 '바다'와 연결되어 있는 것도 우연이 아니다. 해방이라는 '순간' 이후에 '바다'와 관련된 논의가 급속하게 자취를 감출 때, '대동아의 바다'에 봉사했던 전력만을 은폐하기에 급급했던 것이 아니라, '바다'와 관련된 담론의 급속한 위축은 조선의 바깥을 통해 조선을 인식하기보다 내부의 차이들을 적대하게 만드는 주요한 원인이 된다. 대표적으로 해방 이전까지 열광적으로 노래하던 '바다' 대신에 '강'과 '대지'의 이미지가 시적 언어가 되는 것을 확인할 수 있다. 그러므로 해방 이후 '섬'(제주로부터 전남지역 전체와 경남 일부 해안 지역)은 주권이 폭력을 통해서 행사되는 무대가 되고 국민국가의 판타지가 실현되는 장소가 된다.

2. '환상'의 형식 : 파시즘적 남성 판타지

여순사건에 대한 규정은 완전히 합의된 상태가 아니다. 반란, 사건, 항쟁, 10. 19 사건 등으로 사용되고 있으며 2021년 6월 29일 제정된 특별법의 공식 명칭은 '여수 · 순천 10 · 19 사건 진상규명과 희생자 명예회복에 관한 특별법'(여순사건 특별법)으로 되어 있다. 달리 말해, 이 '사건'을 규정하고 의미화하는 담론 공동체가 각기 다른 입장을 갖고 있으며, 규정에 따라 사안을 달리 이해하고 있다는 것을 지시한다. 심지어 지역별로, 곧 여수의 입장과 순천의 입장도 동일하지 않으며 전남의 또 다른 지역에서도 이를 이해하고 인식하는 방식은 동일한 것일 수 없다. 특별법이 시간적으로 1948. 10. 19~1955년 4월 1일 지리산 금족령(한라산 금족령은 1954년 9월 21일 해제)이 해제되는 시점까지, 공간적으로는 사실상 전남 전체와 경남 해안 지역 일부까지 포함하는 것으로 삼을 때, 이 사건을 하나의 개념적 어휘로 규정하는 방식이 불가능함을 시사해준다.

여순에 대한 당대의 규정은 '반란'이었다. 제주 4. 3이 국민국가의 성립 이전부터 이어져 온 것이라면, 여순사건은 국민국가의 성립 이후에 발생한 사건이다. 이 때문에 4. 3에 비해 사건 이후 즉각적으로 당대 동원될 수 있는 모든 미디어가 동원되어 이 사건을 반란으로 대대적으로 '전파'한다. 이를 가장 선명하게 잘 보여주는 텍스트는 『반란과 민족의 각오』(전국문화단체총연합회, 문진문화사, 1949)다. 이 텍스트는 이른바 여순사건의 여파를 다룬 다양한 미디어를 종합해 묶은 책으로, 책 전반에 걸쳐 제주도 출병을 거부한 여수 14연대의 봉기가 자신들의 명분에도 불구하고 그것이 왜 '동족상잔'이 아니라 공산주의 사상에 의한 '학살'인지를 시, 답사기, 사설, 사진, 만화를 통해서 반복적으로 강변하는 저작이다. 대통령부터 부대통령, 국무총리의 담화에서부터 기라성 같은 문학인들의 현지 답사가 실려 있지만, 이 저작을 관통하는 핵심은 사건을 둘러싼 '사실'을 보여주는 것이 아니다. 이 저작에 동원된 각종 글쓰기와 사진, 그리기는 사실 상 '환상'을 조직하는 데 있다.

실제로 이 사건 이후 곧바로 여기에 수록된 글들은 즉각적으로 신문에 실리는 한편, 순회사진 전시회를 했으며, 이에 더해 한형모의 〈성벽을 뚫고〉(1949)와 같은 영화가 제작, 상영됨으로써 이 '사건'을 '환상'으로 경험하도록 만든 바 있다. 이러한 환상의 가장 대표적인 사례는 『반란과 민족의 각오』에 실린 두 편의 답사기에서 이른바 토벌대 장교에게 들은 증언에서 제시된다.

작전참모는 또 다시 말을 계속한다.

「공산주의 사상이 한번 머리에 들어가면 어떻게 사람이 지독하게 되는 것을 아십니까? 여수 진주에서 생긴 일인데 여학생들이 카아빙 총을 치마속에 감추어 가지고 우리들 국군 장교와 병사들을 유도합니다. 오라버니!하고 재생의 환희에서 부르짖는 듯 우리들을 환영합니다. 무심코 앞에 갔을 때는 벌써 치마속에서 팽—소리가 나며 군인들은 쓰러져 버리고 말았습니다. 이 깜찍한 일을 보십시오. 이것들은 나이 겨우 열여덟 열아홉 살 되는 것들입니다. 이것들이 무슨 판단력과 학식과 사상이 있겠습니까마는 체계와 명령 앞에서 움직이는 이 행동은 벌써 조선민족이 아니라 외국민족이 다 된 것이올시다. 명령과 행동을 지키지 않는 대는 너를 죽인다 하는 그 철저한 철의 원칙이 자기의 죽음 대신 자기의 동족을 쏘게 되는 것입니다.

이러한 여학생 몇 명을 잡아다가 신문을 했습니다. 그 꼴을 보느라고 너는 총살이다 위협했더니 처음엔 부인을 하며 엉엉 울다가 하나 둘 셋하고 구령을 불러서 정말 총살하는 듯한 모양을 보였더니 인민공화국만세를 높이 부릅니다. 기막힌 일이 아닙니까? 평소에 학교교육이 얼마나 민족적인 육성을 등한시했다는 것을 증명하고 남는 노릇이올시다. 학교에 다닙네하고 공산주의의 이념만을 머리에 집어 넣는 공부를 한 셈이올시다.

도대체 민족진영에서는 체계가 서지 않았습니다. 우리 정부가 엄연이 선 이상 국시와 국헌이 뚜렷이 서서 전민족이 이곳에 움직여야 됩니다. 겉으로 아무리 민족지상과 국가지상을 천번만번 부른 듯 사유적임에 그칠 뿐 온 군인, 온 학생, 온 민족에게 그 이념이 철저하도록 침투가 되지 못했습니다. 어떠하니 우리 민족은 이렇게 나가야 하고 이렇게 싸워야 하고 이렇게 살아야 하고 이렇게 죽어야 하는 것을—. 확호부동하게 조직적으로 체계있게 머리 속에 깊이 넣어주어야 할 것입니다! 공연한 미국식 민주주의, 미국식 자유주의가 이러한 혼란을 일으켜 놓은 것입니다.

이 악랄한 세계제패의 공산주의자의 사상은 학교뿐 아니라 군인과 사회속 각층 각방면에 침투가 되었던 것입니다. 이것이 이 불행한 이 반란을 일으킨 원인입니다. 정부에서는 우리 민족이 가져야 할 국시를 하루 바삐 명확하게 세워서 삼천만 전민족의 머리 속에 깊이 깊이 뿌리박고 일어나도록 교도하고 선전해야 할 것입니다.」

—박종화, 「남행록」. 『반란과 민족의 각오』, 문진문화사, 1949년, 53~54쪽

C형

이번 반란에 가담한 남녀중학생 중 얼마나 맹목적으로 과감히 반항했는가 하는 몇 개의 사실을 알려드리겠습니다. 순천에서 반도 가담한 일 여중생이 완강히 그 사실을 부인하기에 취조 책임장교가 그를 사형에 처한다고 위협하면서 공포를 땅 놓았더니 그 여학생은 대담하게도 쌍수를 들어「인공국만세」를 불렀다는 사실과 아울러 이도 역시 순천에서 여학생 3명을 신문하는데 절대 가담사실을 부인하기에 그 여학생들이 직접 민가를 다니면서 적발행위한 당사자를 면담시키자 그만 풀이 죽어서도 역시 부인하기에 돌려 세워 걸어가게 하고는「하나 둘」하고 부르니까 그만 그 자리에 엎드러저 통곡하더라는 사실, 사상적으로 대립되나 서로 친한 동무사이에서 일어난 일로 좌익계 여학생이 그 친우 우익측 가정에 와서 아무 일도 없다고 하기에 천정에 숨었던 여학생의 부친이 자세한 것을 알기 위하여 안심하고 나왔더니 그 여학생은 태연히 동무의 부친을 반도에게 인도시켰다는 사실, 여수로 진격해 들어오는 국군장교를 오빠!하고 반가이 맞으러 뛰어나온 여학생이 국군장교의 팔에 매어달리듯 하다가 치마속에 감추었던 무기로 장교를 사살하였다는 사건이 수건이었다는 것. 이러한 실제목격담을 우리에게 전하여 주는 청년장교는 이렇게 외칩니다!

「동정적인 미온한 태도를 버려야 되겠습니다. 동족상잔

이라는 것은 이번 사건에 있어서 절대로 해당치 않은 말입니다. 반도들에게서는 우리들 동족이라고 생각하는 시늉조차도 찾아볼 길이 없었던 것입니다.」

—이헌구, 「반란현지견문기」, 『반란과 민족의 각오』, 문진문화사, 1949년, 76~77쪽

문인조사반으로 현지조사를 수행한 박종화와 이헌구는 작전참모로부터 들은 이야기를 자세하게 기록해 둔다. 문인조사반의 현지조사는 사건이 종료된 이후, 여순에서 '반란군'이 모두 떠난 뒤에 이루어진 조사였고 현장을 면밀하게 조사한 것이 아니라, 안전한 지역에서 장교들로부터 이야기를 듣고 일종의 보고서를 작성한 것이라고 할 수 있다. 박종화와 이헌구 모두 동일한 사례를 기록하고 있다는 점에서, '치마에서 총을 꺼낸 여학생'의 서사와 이미지는 장교로부터 들은 이야기였을 것으로 판단된다. 장교가 이 사건을 직접 목격했는지는 알기 어렵다. 오히려 장교도 이 사건을 들었던 것을 전했거나, 파시즘 체제기의 '레드 우먼'에 대한 공포를 전유해 진술한 것일 수도 있다. 이 에피소드는 실제가 아니라 '토벌대'들이 갖고 있었던 공포가 젠더적으로 구축되어 있는 방식을 보여주는 것으로 이해되어야 한다.

사실 이러한 환상은 파시즘의 남성 판타지에서 반복적으로 나타나는 현상 가운데 하나다. 실제로 이와 꼭 같은 서

사와 이미지가 독일 나치의 전위조직인 자유군단에서 나타난 바 있다. "자유군단 남성들에게 여성에 대한 증오, 특히 여성의 신체와 섹슈얼리티에 대한 증오가 공통적으로 존재함을 발견한다. 이 남성 전사들의 여성에 대한 증오는 일종의 용해(무너짐, 몰락, 붕괴, 데카당스, 상실, 훼손 등의 다양한 용어로 확산된다)에 대한 공포, 즉 그것에 침투됨으로써 자신이 소멸할 수 있다는 점에 대한 공포로 나타난" 것이다(권명아, 『역사적 파시즘』, 책세상, 2005, 45쪽). 나치 자유군단의 남성 판타지와 마찬가지로 토벌대에게 여수의 '여학생들'은 자신들을 수렁에 빠뜨리는 불순하고 위험한 존재라는 것을 의미했던 것이다. 이 여학생들에 대한 공포는 공산주의에 대한 증오와 결합된 것이고 문란함과 뒤섞임으로 인해 초래될 가치의 붕괴에 대한 두려움을 드러낸다.

즉, 여학생들이 갖고 있는 것으로 판단되는 "섹슈얼리티 자체는 치명적인 위험을 표현한다."(권명아, 『역사적 파시즘』, 책세상, 2005, 46쪽 각주 12) 이 때문에 이 여학생들에 대한 살해는 토벌대들에게는 "자기방어"로 이루어진 행위에 지나지 않는다. 이를 통해 토벌대들은 혼란하고 문란하고 혼종적 뒤섞임 앞에 놓여 있는 한국사회를 정화하고 정결하게 만든다는 인식과 더불어 굳건한 남성들의 세계를 다시 구성할 수 있게 된다. 레드 우먼에 대한 공포가 서술된 두 글에서 공통적으로 "미국식 민주주의"나 "미국식 자유주의"에 대해 갖고 있는 비난이 나타나는 것도 이 때문이다. 즉, "민족지상"과 "국가지상"을 내세운 제1공화국의 파시즘적 슬로건은 젠더적 억압을 경유함으로써만 유지될 수 있는 논리였다고 할 수 있다. 오염을 초래할 레드 우먼의 식별과 제거를 통해 올바른 민족과 국가를 건설할 수 있다는 판타지는 일제 말기 총력전 체제로부터 진화해 여기에까지 이른 것이다.

이와 함께 박종화는 레드 우먼의 공포에 상응하는 여학생들에 앞서, 이미 죽은 순백의 (국가적) 여성을 배치함으로써 이를 더욱 분명하게 드러낸다.

> 원통하게 죽은 것도 불상한데 깨끗한 처녀의 몸에다가 더러운 낙인을 찍은 자는 누구요! 내 여동생의 깨끗한 혼을 위로하기 위해서 나는 기사를 실었다는 신문사를 찾아갈 작정이오. 그리고 살아서 남은 여순경의 깨끗한 것을 보증하기 위해서라도 기어코 해골을 껴안고 광주까지 가서 이것을 천명시킬 작정이오!
>
> —박종화, 「남행록」, 『반란과 민족의 각오』, 문진문화사, 1949년, 49쪽

박종화는 오빠와 오라버니를 여성들을 이미 죽고 사라진 여성의 '순결한 혼'을 대비시켜, 남성적 세계로 재조직되어야 할 민족과 국가의 영역에 여성의 자리를 추상적인 관념

으로 보존하되, 구체적인 형상은 완전히 박탈한다. 죽은 여순경과 마찬가지로 살아 있는 여순경은 죽은 여성 동료에 의해 정화되어야 하는 존재로 구성되어 있는 것을 볼 수 있다. 즉 죽음을 경유함으로써만 여성들은 민족과 국가 내부로 기입될 수 있는 자격을 획득하는 것이다. 따라서 국민국가의 주권은 근본적인 층위에서 젠더억압의 조건 위에서 파시즘적 판타지를 확대재생산하는 방식으로 통해 그리고 지정학적 차원에서 고립을 통한 '섬'과 '군도'를 형성함으로써 존립할 수 있는 것이었다. 그런 점에서 여순사건이 초래한 후폭풍인 연좌제와 국보법, 학도호국단과 같은 법과 제도는 모두 이러한 기반 위에서 일제 말기로부터 이루어진 파시즘적 법제를 이양해온 것이다. 연좌제가 1980년이 되어서야 공식적으로 폐지되었던 것은 우연이 아니다. 공식적일 뿐이었지만 말이다.

3. 범람과 귀신 : 「흉몽」과 「휴화산」

4. 3과 여순사건에 대한 소설적 응답은 손소희의 「흉몽」(《신천지》 1949. 7)을 통해서 포착된다. 이 소설에서 4. 3은 직접적으로 나타나지 않는다. 서울에서 의대를 다니는 '수련'이 불길한 꿈을 꾸고 자신이 꾼 꿈을 다른 사람에게 팔기 위해 시내를 배회하며 한 노인에게 꿈을 판 뒤에 오빠 '수만'

이 근무하는 부대에 갔다가 그가 지방으로 이동했다는 소식을 들으며 혹시 '제주'로 갔을지도 모른다고 예측하는 공간으로 등장할 뿐이다. 하지만 이 소설에서 "제주"라는 단어는 단 한번 등장함에도 불구하고, '제주'가 특정한 지역을 지시하는 것을 넘어서 당대 사회 전체의 분위기와 인물의 불안감을 고조시키는 어휘로 주어져 있음은 두말할 필요가 없다. 수련은 자신이 꾼 '흉몽'이 '제주'와 연결됨으로써, 자신의 오빠 수만에게 위험이 생길지도 모른다는 예감을 떨쳐낼 수 없다는 판단을 하고 있기 때문이다.

한편, 이 소설은 '여순사건'을 직접적으로 지시하기는 하지만, 이 사건의 발생의 이유나 원인에 대해서는 다루지 않는다. 다만 여수에서 "폭동"이 일어난 것으로만 제시되고 있으며 일제 말기 "학병"을 다녀와 군에 다시 입대해 중위가 된 오빠의 생사만이 문제가 되고 있을 뿐이다. 즉 소설에서 여순사건의 사실적 추이는 그리 중요하지 않다는 것을 의미한다. 수련이 서울역에서 대전역으로 다시 군산역으로 갔다가 순천역에 도착해 "밀령리"로 간 날은 "음력 9월 28일" 전후 정도로 설정되어 있다. 여순사건이 10월 19일 여수에서 시작되니, 소설이 대략적으로 지시하는 사건도 여순사건인 것은 분명하다. 그럼에도 사건에 초점을 맞추는 것이 아니라 가족의 비극으로 의미가 한정된다.

그렇다고 해서, 가족사를 다루는 것이 현실의 문제를 사적 영역으로 축소한다는 것을 의미하는 것은 아니다. 오히려 이러한 가족로망스의 차용을 통해, 국민국가의 정체가 왜곡되고 굴절되어 있음을 시사하기도 한다. 이 소설에서 아버지의 부재 그리고 인숙과 오빠의 가족 구성이 좌절되는 이야기는 곧 당대의 국민국가 정체가 갖는 한계를 의미하는 것이기도 하다. 물론 소설이 현실의 '재현'이라는 문법만으로 재단할 수 없다. 따라서 가족 드라마의 구성적 불가능성은 다른 방식을 통해 해명되어야 할 것이다. 가령, 소설에서 수련의 흉몽은 다음과 같이 나타난다. 수련과 어머니가 "지구의"를 연상케 하는 '박'을 가르다가 잘 되지 않자 오빠가 나타나 칼로 가르려다 실패하고 급기야 박에다 총을 쏜다. 그러자 박에서 흙탕물이 쏟아져 나오기 시작하고 "흙탕물"이 넘쳐나기 시작한다.

> 흙탕물은 삽시간에 수련의 집 뒤뜰과 앞마당을 넘어서 앞내와 합류되어 누런 거품을 치며 흐른다.
>
> 창자를 온통 끄집어내어 휘두르는 듯한 아픈 비명을 지르며 어머니는 내 저켠에서 발을 구르고 수만은 내 이켠에서 목이 터지게 오빠를 부르면서 잇따금씩 손끝만이 허우적거리는 수만을 붙잡으려고 물과 같이 달렸다.
>
> 물 속에는 그들이 쪼개려고 골라 놓았던 박들도 떠 있고 누구의 것인지도 모를 신짝도 떠 있었다.

> 수만은 물 속에서 상반신을 솟구쳐 거의 어머니 곁으로 헤엄쳐서 다가오다가도 다시 물결에 휩쓸려 버리고 휩쓸려 버리고 하다가 내종엔 커다란 군화만 물결에 거꾸로 뒤집히며 곤두춤을 춘다.
>
> —손소희, 「흉몽」, 『해방기여성단편소설1』, 역락, 2011년, 319~320쪽

수련의 꿈은 '범람'이다. 범람은 넘쳐 흐르는 것이다. 수로에 물길이 안정적으로 흘러가는 게 아니라 과잉으로 넘쳐날 때, 물길의 방향은 예측 불가능하게 퍼져 나간다. 즉, 기존의 체계 안으로 회수되지 않는 과잉의 에너지가 폭발하는 사태가 바로 '범람'이라고 할 수 있다. 어떤 정체를 확정할 수 없는 '불길함'이 자신의 가족 전체를 휩쓸어버리는 꿈이미지는 소설의 후반부에서 현실로 변화한다. 범람의 꿈 이미지는 현실로 넘쳐 흐르고 인물들은 그 속에 휩쓸려버린다. 이러한 휩쓸림을 초래하는 사건이 소설에서는 여순사건으로 나타난다. 수련이 아버지의 기일에 맞추어 고향인 '순천'으로 내려간 뒤에 여수에 장을 보러 다녀온 이웃이 자신의 오빠가 총에 맞았다는 소식을 듣게 되면서, 꿈과 현실 사이의 간극이 무너지게 된다. 이는 소설이 꿈 이미지의 이동에 따라 전개되었다는 것을 의미한다.

꿈 이미지를 중심으로 이야기가 전개되는 방식이 도입된 것은 꿈이 도달하는 현실, 즉 여수에서 일어난 '폭동'을

설명할 수 있는 '언어'가 부재하기 때문이다. 이 사건을 설명해주어야 할 서술자는 '수련'을 통해서 아무것도 말하지 못한다. 그리하여 소설의 말미에서 수련을 통해 "정녕 모를 일 같으면서 무엇이 무엇인지 체계를 세울 수 없는 사건들이 이 며칠 동안 보아 온 시체모양 흩으러져 있는 듯 했다."(손소희, 「흉몽」, 340쪽)고 말할 뿐이다. 다만, 범람의 꿈 이미지는 국민국가의 체계나 가치가 어떠하지든지 간에 누구라도 휩쓸어 죽음으로 내동댕이칠 수 있다는 것을 지시할 따름이다. 수장과 익사는 '역사'에서 반복되는 이미지이기도 하다. 또한 이러한 인식불가능성은 이 사건을 구체적인 사건의 전모를 확인하는 방식을 통해 이해하는 것이 아니라 신념이나 도덕을 통해서 수용할 것임을 암시한다. 가령, 반공주의와 같은 신념이자 도덕체계는 일상적 삶에 억압적 국가기구가 사실상 직접적으로 개입하는 것을 의미한다.

제주 4. 3과 여순사건이 일종의 이미지로 다루어지는 것은 말할 수 없는 것을 말하기 위한 방식이다. 박화성은 「휴화산」(『휴화산』, 창작과비평사, 1977)에서 4. 3을 직접적으로 다룬다. 현기영의 중편 「순이삼촌」(《창작과비평》, 1978년 가을호)이 발표되기 전이었고, 작가의 자서에 따르면 원래 「활화산」으로 1949년 《백민》에 발표하려 했으나, 편집부에서 위험할 수 있다는 의견을 받아들여 게재하지 못하고 가지고 있다가 남편에 의해 불에 태워진 작품의 후속작으로 쓰인 것이다. 「휴화산」은 1973년 《한국문학》 12월호에 「어머니여 말하라」는 제목으로 발표되었지만, 소설집에서 제목을 바꾸어 실은 것이다. 김동윤(「역사의 광풍과 진실의 동면」, 《영주어문연》 2000)에 따르면 박화성은 1938년 한 달간 제주 북서부 지역에 머물렀을 것으로 판단되며 자신의 오빠의 올케가 제주도 출신 사람이었던 것이 4. 3을 쓰게 했을 것으로 이해한다.

박화성은 이 소설에서 4. 3과 여순사건을 하나의 흐름으로 이해하고 풀어낸다. 실제로 여순사건이 일어난 바로 다음 날인 1948년 10월 20일부터 12월 30일까지 유혈 낭자한 토벌이 이루어지고 1949년에는 육해공이 모두 동원된 토벌이 진행된 바 있다. 박화성의 소설은 신현구의 자기소개로부터 시작해 액자식 구성을 취하며 과거를 이야기하는 방식으로 이루어져 있다. 신현구는 4. 3의 와중에 죽은 것으로 되어 있는 부친 신재식과 모친 고정애가 영혼 결혼(1948. 4. 24)을 치른 뒤 감옥에서 낳은 아들로, 증오심을 항상 불태우는 외할머니에 의해 "귀신"으로 불린다.

> 대대로 부를 이어오는 고시 집안의 남자들은 관계와 군문에서 구록을 타 먹으며 떵떵거리고 살고 있는 반면에 육지에서 떠돌이 교사로 들어와 뿌리를 박고 겨우 연명이나 하고

살아가는 신씨네인 까닭에 도시가 자기들의 상대가 되지 않는다는 것입니다.

(중략)

그러던 차에 1948년 4월 3일 폭동 사건이 일어나 고씨 가문은 피해자의 입자에서 다소 괴로움을 당하였고 그 때는 9월이 신학년이어서 학기 시험을 끝내고 봄방학에 고향에 돌아와 있던 신재식 씨는 행방불명이 되었다가 결국 죽음이 확인되었던 것입니다.

—박화성, 「휴화산」, 『휴화산』, 창작과비평사, 1977년, 107쪽

신현구는 외가의 박해와 사촌들의 질시를 경유하면서도, 일류대학에 합격하고 군대까지 다녀오지만, '이민'을 결심한다. 신현구의 이민에는 소설에 직접적으로 나타나지 않지만, 사실상 연좌제와 관련이 있다. 연좌제는 주권권력이 폭력을 통해 지속되는 전형적인 '법적', '제도적' 장치였다. '국민'의 자리로 할당될 수 없는 '인민'의 삭제라는 폭력이 정당화되기 위해선(조르조 아감벤, 조형준 옮김, 『내전』, 새물결, 2017), 국민의 자격이 할당되지 않는 인민과 '피'로 연결된 존재들을 볼모로 삼는 것이야말로 주권의 영속성을 보장하는 수단이었다는 것이다. 연좌제는 국민의 자격 내부에 인민의 자리를 두고 이를 지속적으로 배제함으로써 주권의 지위를 유지하려는 방식이었던 것이다. 한국사회에서 존재하지

만 부재하는 것으로 취급되는 귀신인 신현구에게 연좌제는 극복하기 어려운 족쇄였던 것이다.

영혼 결혼식을 통해 감옥에서 출산했지만, 죽은 것으로 알고 있는 부친의 생사여부는 소설에서 명확하게 나타나지 않는다. 오히려 고정애는 아들의 '이민' 결심이 이루어졌을 때, 그간 죽음으로 처리되었던 남편이자 신현구의 아버지의 위치를 환기하는 진술을 한다.

> 그럼 나는 어쩌란 말입니까?
>
> 이번에는 내가 어머니께 아프게 반문했습니다.
>
> 귀신의 자식으로 살아가란 말인가요?
>
> 네가 왜 귀신의 자식이란 말이냐? 엄연히 훌륭한 아버지가 계신데……
>
> 어머니! 툭 털어놓고 말씀해 주십시오. 내가 알고 싶어 하는 모든 사실을요. 네? 어머니!
>
> 그래.
>
> 어머니는 한마디를 침통하게 토하셨습니다. 정말 토하시는 듯한 어조였습니다.
>
> 인제야 내가 말해 줄 시기가 닥쳐온 것 같다.
>
> 어머니! 오늘에야말로 모든 것을 말씀해 주십시오. 어머니의 말씀에 따라 제 인생의 행로를 결정하겠습니다.
>
> 중요한 대화를 앞에 둔 이 집의 뜰에는 오월의 미풍이 한

가롭게 넘나들고 있었습니다.

—박화성, 「휴화산」, 『휴화산』, 창작과비평사, 1977년, 126쪽

고정애는 "엄연히 훌륭한 아버지가" "있다"고 진술한다. 이는 신재식이 생전에 훌륭했다는 의미가 아니다. 기껏해봐야 생전의 신재식은 학교 교사였을 뿐이어서 "훌륭"함으로 수식될 만한 위상을 갖는 것은 아니다. 더군다나 소설에서 신재식의 훌륭함과 관계되는 이야기는 단 한번도 제시되지 않는다. 그런 점에서 고정애의 진술은 너의 혈육적 계보가 있다는 사실을 확인하는 용법만으로 사용된 것일 수 없다. 이 대사 이후 신현구가 고정애에게 "툭 털어놓고" 이야기하라고 할 수 있는 것도 "계시다"는 용법이 과거와 현재 모두를 지시하는 것이기 때문에 가능한 대사라고 할 수 있다. 있었다와 있다가 동시적으로 연루되는 화법은 죽음을 살아있게 만드는 방식이 된다. 그런 점에서 신현구는 삶과 죽음이 동시적으로 공존하는 인물이다.

이는 소설의 마지막 진술 "중요한 대화를 앞에 둔 이 집의 뜰에는 미풍이 한가롭게 넘나들고 있었습니다."에서 보다 정확하게 드러난다. 신현구와 고정애의 대화에 이르는 과정의 서술자는 신현구로 되어 있다. 대화의 앞대목은 대학에 합격하고 군대를 다녀온 뒤의 일을 독자에게 신현구가 이야기하는 방식으로 이루어지고 있는데, 소설의 마지막 진술은

신현구의 목소리와 또 다른 목소리가 겹쳐져서 발화된다. 소설에서 신현구와 고정애의 대화가 현재 시점에 이루어지는 것인데도, 이를 바라보는 시선이 등장함으로써 이 진술이 신현구의 목소리인지 또 다른 목소리가 기입된 것인지를 불명료하게 처리하는 셈이다. 어머니의 이야기를 듣고 중요한 결정을 하겠다는 신현구가 대화로부터 빠져나와 3인칭으로 대화의 장면을 관찰하는 것은 불가능한 시선이다. 진술방식은 소설 전체에서 이어져 온 신현구의 어법을 그대로 활용하되 신현구만으로 이루어질 수 없는 시선을 통해서 모자간의 대화를 바라보는 것은 '귀신'의 도움이 아니고서는 가능하지 않다는 것이다.

그런 점에서 신재식의 생사여부 자체가 중요한 것이 아니다. 오히려 신현구가 과거와 현재를 어떻게 구성해 나갈 것인지가 이 소설 이후에 주어진 과제라고 할 수 있다. 현기영의 「순이삼촌」이 돌무덤으로 들어가 자신의 죽음을 선택하는 "순이삼촌"을 서울에서 내려온 화자가 이야기함으로써 '죽음'을 건져올리려 하고 있다면, 박화성의 소설에서는 비록 혈육적 계보로 이어져 있지만, 신현구로 하여금 '영매'의 위치에 서도록 만든다는 점에서 차이를 갖는다. 신현구는 4. 3과 여순사건에 대해 아직 아무 말도 하지 않았지만, 이 영매의 후속세대가 드디어 말을 시작하도록 조성한 기반이었을지도 모른다. 박화성에게는 영매인 신현구가 곧 현기영이었을지도 모른다. 그러니까 신현구는 4. 3과 여순사건이 기입되는 신체이며 동시대와 교섭하는 통로라고 해야 할 것이다.

4. 증언의 자리

4. 3은 물론이고 '여순'(1948. 10. 19)도 '종결'된 사건이 아니다. 2021년 유월(6. 29), '여순사건 특별법'이 국회를 통과함으로써, 73년 만에 피해자를 구제할 수 있게 되었다. 이 법은 시간적으로 여수 14연대가 제주 토벌을 거부함으로써 1948년 10월 19일부터 지리산 입산 금지가 해제되는 1955년 4월 1일까지 6년 반 정도의 시간으로 한정되어 있다. 공간적으로는 여수, 순천을 포함해 전남북 지역과 경남 일부 지역까지를 아우르는 것으로 되어 있다. 내년부터 본격적으로 시행될 특별법은 민간인 희생자와 명예회복을 위한 조사를 진행하여 사료관, 위령탑 등을 건립하는 것으로 되어 있다. 당사자는 거의 생존해 있지 않고 유가족 역시 대부분 고령인 상황이기 때문에, 지금이라도 '여순'에 대한 조사와 피해자들의 명예를 회복하는 일은 중요하다. 물론 이 과정에서 지역을 이탈하거나 밀항을 한 경우에 대해서는 법적 구제책이 보이지 않는 것은 아쉽다. 적어도 당시의 상황을 고려해, 다양한 증언들이라도 기록되고 정리될 수 있도록 세심한 배려를

해야 할 것이다. 증언을 법적 채택용으로 다루어야 할 것이 아니라, 말하고자 하는 것을 말할 수 있도록 만드는, 그러므로 듣기가 잘 이루어지기를 바랄 따름이다.

김만석
역사적 '바다'와 '해안선', '군도'에 대한 연구를 진행 중이다. 이 과정에서 만난 혁명, 항쟁, 봉기들을 가시화하기 위해 애쓰고 있다.

해방인민으로 살게 하라-'정주자' 자격으로 사는 재일조선인을 위하여

김미혜

"126자격이나 협정영주권 제도가 일본의 식민지 지배 결과로 일본에 살 수밖에 없게 된 재일조선인의 특수성을 고려한 제한적인 조치였다고 한다면, 재류특별허가제도는 이러한 특수성을 말살하고 재일조선인을 '일반외국인화' 함으로써 식민지와의 연결고리를 끊어버리는 역할을 했다고 볼 수 있다."

—권혁태, 『주권의 야망』, 「'밀항자'는 어디에서 와서 어디로 갔을까?」 중에서

나는 해방 후에 제주도에서 '밀항'을 해 온 부모 슬하에서 자라나 오늘까지 일본에서 살고 있는 '정주자' 조선인이다. 여기서의 '정주자'라는 말은 나의 재류자격을 뜻하는데 아마 한국에서는 '정주자' 재일조선인이라는 단어는 많이 낯설지 않을까 싶다. 사실 일본에서도 '정주자' 재일조선인들

의 이야기는 잘 알려지지 않는다. 일본에서 '정주자'라고 하면 보통 80년대 후반 이후에 대거 입국한 소위 日系(일본계) 브라질인이라고 일컬어지는 이민자들을 비롯한 외국인이민 노동자들을 연상하는 것이 일반적이다. 이 '정주자' 자격은 1990년에 개정된 '출입국관리 및 난민인정법'(입관법)에서 신설된 재류자격이다. 1991년에 시행된 '일본과의 평화조약에 기초하여 일본의 국적을 이탈한 자 등의 출입국관리에 대한 특례법'(특례법)[1]에서 재일조선인을 비롯한 구식민지출신자들에게 '특별영주'의 재류자격이 부여된 것과의 균형으로 일계인들에게 신설된 법적 지위다.[2]

법무성이 규정하는 '정주자'란 '일본국에 재류하는 외국인에게 부여되는 재류자격의 한 종류이며 법무대신이 특별한 이유를 고려하여 일정기간의 재류기간을 지정하고 거주를 인정하는 자'를 일컫는다.

10년 이상 일본에 거주하는 외국인들의 지위에 관한 재

---

1 「日本との平和条約に基づき日本の国籍を離脱した者等の出入管理に対する特例法」

2 亀田進久「外国人労働者問題の諸相 - 日系ブラジル人の雇用問題と研修・技能実習制度を中心に」国立国会図書館調査及び立法考査局、レファレンス2008.4. / 石田智恵「1990年入管法改正を経た〈日本人〉カテゴリーの動態」立命館大学大学院先端総合学術研究科 Core Ethics Vol.(2009) 여기서 일본정부가 상정한 일계인이라는 것은 중국잔류고아와 2세, 3세들, 필리핀의 일계인 가족 등이다.

류자격은 '특별영주자', '영주자', '정주자', '일본인 배우자' 등인데, 그중에서 '정주자'가 특별영주나 일반영주와 현저하게 구별되는 차이는 재류기간이 정해져 있는 점이다. 그러기 때문에 재류기한이 정해지는 정주자들은 기한이 지나면 이를 갱신하기 위하여 출입국관리국에서 신청 수속을 밟아야 한다. 재류기간은 최대 5년 이상을 넘지 않는 기간으로 1년, 3년, 6개월 등 법무부장관 재량에 따라 정해진다. 만약에 갱신 절차를 밟지 않고 재류기한이 초과되거나 범법행위가 있었을 경우 강제퇴거의 대상이 된다.

'정주자' 자격이 불안정하고 제한적인 지위라는 것을 알 수 있는 규제는 이 외에도 있다. 일본에 1년 이상 재류하는 16살 이상의 외국인에게 의무화하고 있었던 지문날인이 1993년부터 특별영주자와 영주자에 대해서는 면제가 된 데 비해, 정주자들은 그로부터 7년이 지나고 나서야 면제가 되었다. 그런데 2000년에 폐지가 된 이 지문날인제도는 2001년에 미국에서 일어난 이른바 '9.11동시다발테러'가 발생한 것을 계기로 2000년부터 일부 부활되었다. '테러를 미연방지하겠다'는 명분으로 2006년에 입관법을 개정한 일본 정부가 일본에 입국하는 16살 미만과 외교관, 특별영주자를 제외한 외국인들에게 지문날인과 안면사진의 제공을 의무화했던 것이다. 이 의무화의 대상자에 정주자들은 막론하고 일반영주자까지 포함되었다. 정주자만이 아닌 일반영주자의 지위까지도 얼마나 불안정한지를 단적으로 보여주는 사례인데, 이 불안정한 지위는 작금의 세계적인 코로나 팬데믹 사태에서도 나타난다. 감염방지의 검역대책 일환이라는 명목으로 재류자격을 가지고 출국한 장기재류 외국인들의 재입국을 규제, 거부하겠다는 조치인데 이 대상에도 영주자, 정주자, 일본인 배우자 등의 자격을 가진 외국인들이 포함되었다. 코로나 바이러스가 국적과 인종을 따지고 또 그들의 재류자격을 분별해서 옮겨질 거라고 생각한 걸까. 이런 인권침해 행위 때문에 많은 장기정주외국인들이 고국에 있는 중환자 가족의 병문안도 못 가거나 가면 일본으로 돌아오지 못하는 사태가 다수 발생했다. 일본정부는 국민과 외국인이라는 서열과 차별을 만드는 것도 모자라 외국인들 안에 또 서열을 만들고 분할한다. 이렇게 영주자, 정주자자격은 일본정부의 정책으로 인해 상대적으로 특별영주자격에 비해 그 위치가 더 불안정하다.

나는 오래전부터 거의 대부분의 재일조선인들이 '특별영주자격'자들인데 어째서 우리 가족들의 재류자격이 '정주자'가 되었는지를 법적으로, 역사적으로 알고 싶어서 가족사를 정리해보고 싶다고 생각해왔다. 이제 겨우 조금씩이나마 아버지의 이야기를 녹취하기 시작한 것은 5년 전 즈음부터이다. 너무 늦은 시작이었다. 속상한 일이 있거나 깊은 생각에 잠길 때마다 '내가 글씨 공부만 했어도 내 삶에 대해서 책을 쓰고 싶다'고 입버릇처럼 말하던 어머니는 2005년에 뇌경색으로 갑자기 우리 곁을 떠나서 생전에 들었던 이야기 외에는 더 이상 이야기를 듣지 못한다. 되돌리지 못하는 시간에 대해 밀려드는 후회와 반성이 아버지를 향한 정열로 기울어졌다. 그러나 정작 아버지는 당신의 삶을 언어로 치환하는 것을 언짢아하고 꺼렸다. 특히 '밀항'에 관한 대목에 이르면 꾹 입을 닫고 무거운 침묵으로 일관했다. 그런 아버지가 조금씩 마음을 열고 이야기를 들려주기 시작한 것은 팔순을 목전에 둔 시기부터다.

어느 날, 아버지가 장롱 속 깊숙한 서랍에서 낡은 봉투를 꺼내고는 나에게 조심스럽게 열어보라고 했다. 보풀이 일고 군데군데 찢어진 낡은 봉투 안에서 세 종류의 서류 7장이 나왔다. 하나는 「인정통지서認定通知書」라고 적힌 서류, 또 다른 하나는 「구두심리기일통지서口頭審理期日通知書」 그리고 「재류특별허가서在留特別許可書」라고 적힌 서류였다. 「인정통지서」와 「재류특별허가서」는 각각 세 장씩, 「구두심리기일통지서」는 한 장이었다.

이 내용은 1975년 4월 16일 자로 작성된 출입국관리국(입관)이 도쿄입국관리사무소가 심사한 출입국관리령위반용의사건 결과를 당시 7살인 나에게 작성한 「인정통지서」를 번역한 발췌다. 이 「인정통지서」는 아버지와 나 그리고 동생 앞으로 작성되었는데 인정내용에 차이가 있었다. 나와 동생

認定通知書

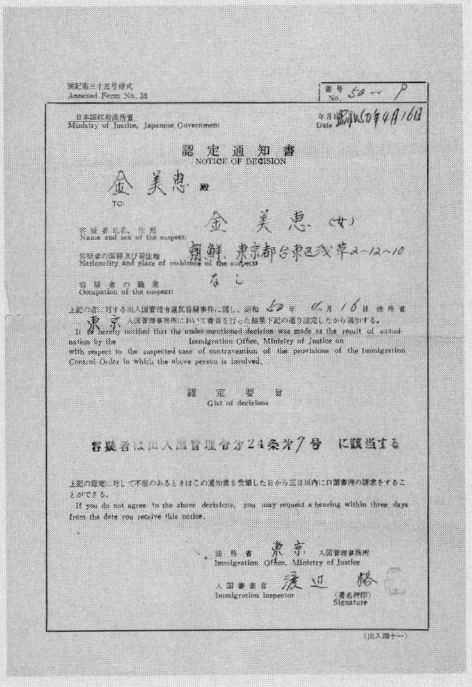

別記第三十五号様式
Annexed Form No. 35

番号 No. 50 ～ P

日本国政府法務省
Ministry of Justice, Japanese Government

年月日 Date 昭和50年4月16日

認 定 通 知 書
NOTICE OF DECISION

金 美恵 殿
TO:

容疑者氏名、性別
Name and sex of the suspect: 金 美恵 (女)

容疑者の国籍及び居住地
Nationality and place of residence of the suspect: 朝鮮, 東京都台東区浅草2～12～10

容疑者の職業
Occupation of the suspect: なし

上記の者に対する出入国管理令違反容疑事件に関し、昭和 50 年 4 月 16 日 法務省 東京 入国管理事務所において審査を行った結果下記の通り認定したから通知する。

It is hereby notified that the under-mentioned decision was made as the result of examination by the Immigration Office, Ministry of Justice on with respect to the suspected case of contravention of the provisions of the Immigration Control Order in which the above person is involved.

認 定 要 旨
Gist of decisions

容疑者は出入国管理令第24条第7号 に該当する

上記の認定に対して不服のあるときはこの通知書を受領した日から三日以内に口頭審理の請求をすることができる。

If you do not agree to the above decisions, you may request a hearing within three days from the date you receive this notice.

法務省 東京 入国管理事務所
Immigration Office, Ministry of Justice

入国審査官 渡辺 格
Immigration Inspector

(署名押印)
Signature

(出入国十一)

김미혜 殿
容疑者 姓名,性別 : 김미혜 (여)
容疑者의 국적 및 거주지 : 조선, 도쿄도 다이토구 아사쿠사 2-12-10
容疑者의 직업 : 없음

上記의 者에 대한 出入國管理令違反容疑사건에 관해 1975년 4월16일 法務省東京출입국관리사무소에서 심사를 행한 결과 아래와 같이 인정함으로 통지한다.

認定要旨

용의자는 출입국관리령 제24조 제7호에 해당한다.

法務省 東京 입국관리사무소
入國심사관 와타나베

은 '출입국관리령 제24조 제7호에 해당한다'는 것이었고 아버지는 '출입국관리령 제24조 제1호에 해당한다'는 것이었다. 각각의 법조항을 해석하면 1호인 아버지는 '불법입국자'이고, 7호에 해당하는 나와 동생은 '출생 등의 경우 재류자격을 취득하지 않고 60일 이상 일본에 재류하는 자'이므로 강제퇴거 사유에 해당한다는 것이다.

1955년 15살의 몸으로 혼자 제주 우도에서 일본으로 밀항해 온 아버지는 20년 가까운 '잠복' 생활에 종지부를 찍고, 1974년 입관에 자신이 밀항자임을 자수했다. 아버지는 입관에서 긴 시간을 조사당했는데 이 서류는 출입국관리국 도쿄사무소의 조사 결과에 대한 통지였던 것이다.

1970년대에 시행되고 있었던 출입국관리령은 미일행정협정에 기초한 미국의 군인과 군속, 그리고 1965년 한일 간에 체결한 협정영주권을 가진 재일조선인을 제외한 모든 재일외국인들이 제24조(강제퇴거를 규정한 조항)에 저촉되는 것으로 간주되었다.[3] 이 경우에 해당 재류외국인은 조사와 심사를 받은 뒤 법무대신이 주는 재류특별허가를 받지 못하면 강제퇴거 명령이 내려졌다. 다만 입국조사관의 조사 결과에

3 협정영주권을 가진 재일조선인들 경우, 협정 3조, 출입국관리특별법 제6조 제1항에서 강죄퇴거사유가 규정되었다. 佐藤勝巳編『在日朝鮮人—その差別と処遇の実態』同成社, 1977年, 93~94쪽

불복할 경우, 3일 이내에 구두심리를 요청할 수 있었다.[4]

나는 또 다른 서류, 5월 20일 자로 작성된 「구두심리기일통지서」 내용을 확인했다. '출입국관리령 외국인등록위반용의사건'에 관하여 5월 30일 오전 9시 30분에 구두심리를 하니 출두하라는 내용이다. 이 통지서는 한 장에 아버지와 나, 동생의 이름이 함께 모두 적혀 있었지만 실제로는 아버지에 대한 통지였다고 짐작된다. 나는 이 「구두심리기일통지서」가 어떤 성격의 서류인지를 알아본 다음에 아버지에게 '강제퇴거사유에 해당한다'는 판정에 대해 불복하고 구두심리를 신청했는지에 대해 물어봤다. 아버지는 그런 적은 없다고 하면서 구두심리를 요청한 일에 대한 기억이 없다고 했다. 다만 기억이 나는 것은 특별심리관 두 명 중에 한 명이 화를 잔뜩 내면서 아주 위압적인 태도로 '추방할 것이다'는 말을 여러번 반복하고 위협했던 장면이라고 했다. 무서웠냐고 물어보는 나의 질문에 그걸 말이라고 하냐는 식으로 어이없이 웃다가 "당연히 무서웠지"라고 아버지는 대답했다. 다른 한 명의 심리관이 너무했다고 여겼는지 위압적인 심리관을 밖으로 내보내고 구두심리를 계속했다. 두 번째 심리관이 온건한 말투로 '불법입국도 15년이 지나면 시효[가 만료되니까] 당신한테 죄는 없다'고 했다고 한다. 아버지는 그

---

4 같은 글, 114쪽

말에 안도보다는 당황스러움을 느꼈다고 회고했다. 시효가 있는 줄 몰랐기 때문이다. 20년 가까운 세월에 축적된 긴장과 불안감을 생각하니 맥이 빠진 기분이 들었다고 했다.

마지막 서류는 「재류특별허가서」이다. 1975년 7월 29일 자로 작성된 이 허가서는 그전까지만 해도 출입국관리령위반사건의 용의자였고 강제퇴거의 대상자였던 우리 세 사람에게 '재류특별허가'가 내려졌음을 증명하는 첫 서류다. 재류특별허가는 '법무대신이 특별히 재류를 인정하는 자'에게 허가하는 재류자격인데 재류자격 〈4-1-16-3〉은 그것을 나타내는 법률번호이다. 허가서에 명시된 재류기간은 1975년 7월 29일부터 1976년 7월 29일까지의 1년이었다. 비록 재류기간은 1년이었지만 출입국관리국에 자수를 한 후부터 처음에는 한 달, 다음엔 석 달, 마지막은 반년씩마다 출두를 하고 있었던 가방면(借放免)상태에서 벗어난 셈이다.

46년 전에 받은 이 낡은 서류를 아버지는 고스란히 간수하고 있었다. 나는 최근에 이 서류를 처음 보게 되었는데 「재류특별허가서」에 적힌 '재류자격 〈4-1-16-3〉'이라는 숫자를 보니까 1990년 전까지 외국인등록증을 갱신할 때마다 서류에 썼던 재류자격이 저 숫자였다는 기억이 났다. 예민한 사춘기 시절, 내가 일본에 재류할 수 있는 자격이 숫자라는 것이 이상했고 마치 수인번호 같다는 느낌이 들어 내키지 않았던 기억마저 살아났다. 나는 가족 중에 아버지와 나, 동생

別記第四十二号様式
Annexed form No. 42

番号
Number 50~569

日本国政府法務省
Ministry of Justice, Japanese Government

昭和50年7月29日交付
Date

在留特別許可書
SPECIAL PERMIT FOR RESIDENCE

下記の者に対し、昭和 50年 7月 14日 出入国管理令（昭和二十六年政令第三百十九号）第五十条の規定により、下記条件をもつて、在留を特別に許可する。但し、条件を守らないときは、直ちに本許可を取り消すものとする。

The under-named person is hereby granted special permission to reside in Japan subject to the following conditions pursuant to the provision of Article 50 of the Cabinet Order for Immigration Control (Cabinet order No. 319 of 1951). However, failure to fulfil such conditions shall be the cause for immediate rescission of the present permit.

1. 氏 名.性 別
Name and sex: 金 美 恵 (女)

2. 生年月日.年令
Date of birth and age: 1967年 11月 26日 7才

3. 国籍.居住地
Nationality and place of residence: 朝鮮.東京都台東区浅草2~12~10

4. 職　業
Occupation: 無職

5. 特別許可の条件
Conditions of special permit:

（1） 在留資格 4-1-16-3
（2） 在留期間 壱年 1975年7月29日より1976年7月29日まで
（3）

法務大臣 稲葉 修
Minister of Justice

印
Official seal

出入四十八

注意　この許可証は常に携帯し、入国審査官、入国警備官、警察官、海上保安官その他の旅券の呈示を要求することができる国又は地方公共団体の職員が呈示を求めたときはこれを呈示するものとする。

Remarks:
This permit should be carried at all times, and if required, presented to the immigration inspector, immigration control officer, police official, maritime safety official or any other official of the state or a local public entity who are authorized to require the presentation of the passport.

本許可書の交付を受けた日より14日以内に居住地の市区町村の長に対して外国人登録法の規定に基く記載事項の変更の登録を申請しなければならない。 38596

이 강제퇴거 대상이었다는 사실과, 구두심리를 거쳐 특별허가를 받게 된 흔적이 집약된 이런 중요한 서류가 있을 거라고는 상상도 못했을뿐더러 그러한 행정적 프로세스가 있었는지는 알기 어려웠다. 아버지가 밀항자였고 나는 밀항자의 딸이고 아버지가 자수를 했는데 운 좋게 재류자격을 받았을 거라는 정도로만 알고 있었다. 우리들을 일본에 머물게 한 궤적을 하나하나 이야기해 주는 이 구체적인 '증명서'를 보니까 내가 그동안 실제로는 아무것도 모르면서 살았구나 하는 회의가 들었다. 그리고 7살, 5살밖에 안 된 나와 동생 이름 석자 앞에 붙어 있는 '용의자'란 단어가 생소하기 그지없었고 50이 훌쩍 넘은 다 큰 어른인 나로 하여금 굴욕을 느끼지 않을 수 없게 했다. 또 한편으로는 '용의자'라는 세 글자에 나의 재일조선인으로서의 '정체성'이 느껴지기도 하는 묘한 기분이 들었다.

이 서류를 보게 된 날 나는 아버지에게 너무 중요한 자료를 버리지 않고 잘 보관해줘서 다행이라고 했다. 그러자 아버지는 어떻게 이것을 버릴 수가 있느냐, 언젠가 내가 영주권을 신청하거나 하다못해 귀화를 신청할 때 꼭 써먹을 나의 '이력'이니까 간수했다고 말했다. 나는 순간 아버지의 말을 알아듣지 못했다. 그때보다 상대적으로 안정적인 '정주자'라는 재류자격을 현재 가지고 있고 재류기간도 비록 겨우 7년 전부터지만 5년으로 연장되었으니 현재의 '정주자'

자격이 기준이 될 것인데 어째서 46년 전에 받은 재류허가 서류를 써먹으려고 하는 것인지 의아했다. 그러나 아버지의 심정을 헤아리는 데 그리 오랜 시간을 요하지는 않았다. 1년의 재류를 허가한다는 그 서류가 아버지한테는 보배일 거라는 생각이 들었다. 그것은 그렇게 어렵게 받은 그 허가가 당신을 합법적으로 존재하게 하는 유일한 '존재증명'이었기 때문이다. 그래서 아버지에게는 이 첫 번째 서류가 금후의 '지위격상'을 위한 '존재증명'의 오리지널-기원이 된 것이다. 당신이 '불법입국자'이고, '불법재류자'인 법을 어긴 사람이라는 의식, 그로 인한 불안과 긴장 속에서 절대 발각되면 안 되기 때문에 숨죽이고 살아온 20년이라는 세월의 무게가 아버지를 그렇게 만들었을 것이다.

재류특별허가는 '존재증명'일 뿐만 아니라 아버지에게 또 다른 특별한 의미를 지니게 했다. 그것은 우리 가족사의 슬픈 비극과 관련된다. 강제퇴거의 위협을 알리는 「인정통지서」가 작성되고 있을 무렵인 1975년 4월 10일, 우리 가족이 사는 집에 화재가 났다. 부모님은 그날도 밤늦게까지 하는 야키니쿠 장사 때문에 안 계셨고 집에는 나와 두 살 아래 남동생, 그리고 네 살 아래 여동생, 셋뿐이었다. 그때 외삼촌이 우리 집에서 잠깐 살았는데 그 시간에 목욕탕에 가서 집에는 어른들이 아무도 없었다. 화재가 난 집 건물은 1층에 술집이 있고, 2층이 주거공간이었다. 우리가 자고 있던

2층까지 불길이 타올라 우리를 덮치려고 하고 있었다. 그 위험한 찰나에 남동생은 동네 아저씨들이 펼치고 있던 이불로 뛰어내렸고, 나는 때마침 목욕에서 돌아온 외삼촌이 전봇대를 기어 올라와 구해주었다. 그날 화재에서 가장 어린 네 살짜리 여동생만 구조되지 못하고 희생되었다.

화재와 작은 딸의 죽음. 청천벽력 같은 비극을 당한 부모님은 딸을 죽게 만든 이 화재의 원인을 꼭 규명해야 했지만(나중에 어머니가 말하기를 수사의 중간 보고 단계에서 1층에 있는 술집에 누가 불을 질렀다는 방화설이 나왔다고 한다) 피가 마르고 살을 떼어내는 아픔으로 수사를 중단해야 했다. 나를 구해준 외삼촌 때문이이었다. 외삼촌 역시 그때 제주도 김녕에서 밀항을 하고 우리 집에서 숨어 살고 있었기 때문에 외삼촌의 신분이 노출되어서는 안 되었던 것이다. 그러나 아버지 어머니의 피를 토하는 결단도 다 물거품이 되고 말았다. 외삼촌은 결국 오무라 수용소에 수감되었고 당신이 희망해 제주 김녕이 아닌 조선민주주의인민공화국으로 강제송환되었다.

이런 엄청난 일이 일어나고 있었던 그 와중에 강제퇴거 대상자가 된 것을 알리는 4월 16일자로 작성된 통지서가 입관에서 날아온 것이었다. 이 서류들이 보여주는 사실 하나하나를 다시 한번 되새겨 보니 아주 끔찍하다. 여동생의 장례식에서 평정심을 잃고 쓰러져 통곡하던 어머니의 모습이 눈에 밟혔다.

나는 아버지에게 구두심리 신청을 어떻게 했냐는 질문을 했을 때 아버지가 전혀 기억을 못 했다고 썼는데 왜 기억이 없는지 충분히 짐작이 간다. 사실 아버지는 46년 동안 이 서류들을 간직하고 왔지만 당시에도, 현재도 「재류특별허가서」 이외의 서류가 무슨 서류인지 정확히 이해하고 있지는 않았다. 너무도 당연한 일이 아닐까. 당시에는 특히 일본어도 변변치 않는 데다 법률용어로 써놓은 이 통지서들을 구체적으로 '감각'하고 '이해'하기는 어려웠다. 더구나 딸이 죽고 사는 집이 불타버리고 당장의 오늘을 버텨야 할 상황에서 그 통지의 의미를 고민할 겨를은 없었을 것이다. 아버지와의 대화 속에서 되풀이 되는, '정말 나는 아무것도 모르면서 여기로 왔다, 등록이 있는 줄도 몰랐고 그냥 살기 위해서 왔을 뿐이었는데……'라는 말이 가슴에 사무치는 것을 막을 도리가 없었다.

가난한 우도에서 고아가 되어 일본에서 기술 하나라도 배워보자고 위험을 무릅쓰고 뛰어든 밀항의 길이었다. 부산, 쓰시마, 시모노세키를 경유하고 최종 목적지인 오사카에 도착해서는 '코우 미쓰오'(孔光雄)라는 남의 이름의 등록을 샀고, 그토록 가고 싶었던 야간고등학교에는 '야스다 히데오'(安田秀雄)라는 교포의 중학교 졸업장으로 원서를 냈다. 제주 사람들이 모여 일하는 주물공장이나 우산 스프레드 제조 공장에서 일을 하면서 야간학교를 다녔는데 어느 날 코우 미쓰오가 누구냐고 느닷없이 찾아온 입관조사관이 무서워서 코우 미쓰오의 등록을 버리고 도쿄로 도망을 갔다. 도쿄에서는 '미나미 데쓰오'(南哲夫)의 이름으로 선방공, 경품 나르는 기사, 식당일 등 등록이 없어도 할 수 있는 일은 손에 잡히는 대로 뭐든 했다. 그렇게 한창 노동 청년으로 일할 때 우도에서 소꿉동무였던 어머니를 만났다. 오사카에서 태어나 3살 때 해방을 맞은 어머니는 해방 후에 가족 모두가 한 번은 고향으로 돌아갔는데 아버지(외할아버지)가 일본으로 다시 건너가 정착한 것 때문에 어머니(외할머니) 손에 이끌려 언니(이모)하고 함께 16살 때 역시 '밀항'을 하고 왔다. 어머니는 말도 모르고 생활에도 익숙하지 않은 데다가 방직공장의 노동이 너무 힘들어서 제주에 돌아가고 싶어 했다. 일본에 온 지 1년도 채 지나지 않았지만 어머니는 끝내 경찰서에 출두하고 자수를 했는데 '제주에 돌려보내 달라'고 스스로 부탁을 하고 순사를 놀라게 했다는 일화가 있다. 외할아버지가 해방 전부터 일본에 살아서 등록증을 가지고 있었던 것이 어머니한테 행운이었는지 불행이었는지 알 수가 없으나 어머니는 역시 가방면의 과정을 거쳐 재류특별허가 〈4-1-16-3〉을 받아 일본에 계속 머무르게 되었다.

아버지는 '불법재류자'이고 외국인등록증이 없는 가난한 자신과 결혼해준 어머니가 은인 같았다고 회고했지만 어머니는 먼저 외국인등록증을 가지고 있었던 당신이 아버지와 가족을 지키고 살리는 것은 당연하다고 생각하고 있었을 것이다. 하지만 부계 세대주 중심의 제도 안에서 어머니의 등록만 가지고는 혼인신고도 출생신고도 하지 못했다. 이 때문에 나와 남동생, 그리고 죽은 여동생까지 다 우리는 한 때 일본사회에서는 '미등록아동'이었고 잠재적인 '용의자'로만 존재했다.

'불법입국자', '불법재류자' 신분인데도 잠복하는 생활을 20년 가까이 하는 과정에 함께 고락을 나누는 반려를 만나 아이를 낳으며 가정을 꾸리게 된 아버지는 경찰만 보면 도망가고 살던 곳을 자주 옮겨야 하는 삶에 지쳐가기 시작했고 회의가 들었다고 한다. 계속 일본에서 이렇게 살 수는 없을 것 같았다. 아버지에게는 어머니 빼고는 다른 재일조선인들처럼 해방 전부터 여기서 사는 가족이나 친척과 같은 혈연도, 연고도 없었고 하나밖에 없는 삼촌뻘 되는 친척도 다 똑같이 밀항자였다. 밀항자는 밀항자들끼리 모여 살 수밖에 없었는데, 그래서 더 불안정하고 늘 긴장이 따라다녔다고 했다. 아버지는 스스로에게 '자이니치'(재일)를 하는 근거가 없다는 생각이 자꾸 가슴을 눌렀고 그 생각은 갈수록 자신을 갉아먹었다고 했다. 그래서 아버지는 자수하기로 했다. 자수를 해서 강제퇴거를 당하는지 운 좋게 머물 수 있게 될 것인지 어찌 됐든 둘 중에 하나가 정해질 것인데 그 판가름을 해야 할 지경에 왔다고 자수할 것을 각오했다고 한다.

그렇게 각오하고 자수를 하며 조사 받고 심사를 받는

사이에 그 비극이 일어나고 말았던 것이었다. 여든 살의 아버지에게 구두심리에 어떻게 가게 되었는지에 대한 기억은 없으나, 특별심리관이 '추방한다고' 위협한 일이 무서웠던 기억만이 남았다. 내가 일찍 더 젊었을 아버지한테 그때 이야기를 들었으면 더 선명한 기억들을 들을 수 있었을지도 모른다. 하지만 나는 현재까지 해준 아버지의 기억을 소중히 존중하고 싶다. 아버지는 자수를 했을 때도 심사를 기다리는 동안에도 어느 날 갑자기 집이 불타고 딸이 죽었을 때도 특별심리관이 위협을 했을 때도 늘 무서웠을 것이다. 그 무서움은 15살 나이에 혼자 밀항선을 탄 그 순간부터 미리 예고된 것이었을지도 모른다. 그렇게 살아온 아버지에게 일본 법무성에서 1년의 재류기간을 허가한다는 재류자격은 어떻게 느껴졌을까?

5월에 있은 구두심리 때, 특별심리관은 밀입국과 불법재류도 15년이 지나면 시효가 만료된다, 그래서 이제 당신에게는 죄가 없다고 했다. 만약에 그 심리관 말대로 죄가 없어져서 아버지한테 재류특별허가가 내려졌다고 가정한다면 그러한 '허가'는 타당한 판단일 수 있다. 그런데 아버지는 이 조사관의 '죄가 없다'는 말로부터 '해방'되지 못했다. 외려 아버지는 같은 제주 밀항자 친척이 한 말에 꽁꽁 묶이고 만다. '화재가 너를 살렸구나', '화재가 너를 일본에서 살게 하는 근거를 만들었구나'. 이 이야기를 들려줬을 때 아버지는 거의 울상이었고 나는 참담한 기분이 들었다. 밀항자 중 많은 사람들이 밀항에 실패하거나 일본에 도착한 후에도 강제퇴거 당했다. '용의자'들이 강제퇴거를 피하고 일시적이고 불안정한 재류자격이라도 그것을 꼭 받기 위해서는 사람 목숨까지 내놓아야 할 만큼의 대가를 치러야 한다고 생각하고 있는 걸까. 나에게는 그 친척이란 사람이 아버지에게 했던 말이 그런 강박관념을 내면화한 사람의 말처럼 들렸다. 그런 강박관념을 낳을 정도로 밀항자들이 놓인 처지가 잔인하고 절박할 수 있었다고 생각하니 가슴이 먹먹했다. 강제퇴거를 면하고 재류자격을 얻었지만 동시에 딸 하나를 잃은 아버지의 속은 또 오죽했을까. 분명한 건 아버지는 먼저 보낸 딸의 몫까지 살아야 한다고 생각했고 그것이 아버지를 일본에서 살게 하는 근거가 되었다는 것이었다.

아버지가 처음으로 보여준 「인정통지서」, 「구두심리기일통지서」, 「재류특별허가서」 들을 통해서 나와 아버지와 동생이 '용의자'로부터 재류자격 〈4-1-16-3〉을 받게 될 때까지의 과정을 살펴보았는데 내가 현재 '정주자'로 여기에 존재하는 법적, 행정적 절차를 이 서류들에서 찾을 수 있다는 것을 새삼 알게 되었다. 1990년의 법개정을 계기로 신설된 '정주자'로 이행될 때에는 수속도 없이 거의 자동적으로 가족이 다 같이 '정주자'가 되었고 현재에 이르고 있다.

나는 종종 1991년의 특례법 개정 이후에는 재일조선인 중에 정주자격자는 없을 것이라는 말을 들어왔다. 그전까지 복잡하게 새분화되고 있었던 재일조선인들의 재류자격이 1991년에 '특별영주자격'으로 통일되었고 그러지 못한 사람들은 일반영주자가 되었기 때문이라는 것이었다. 법무성이 공개하고 있는 2021년 7월 현재의 통계를 보아도 한국적과 조선적을 합친 특별영주자 300,783명에 대해 '한국적' 정주자는 7,213명으로 3%도 안 되는 비율이고 '조선적' 정주자에 이르러서는 94명밖에 안 된다. 한국적 정주자격자 중에는 80년대 말부터 90년대 이후에 대한민국의 여권을 가지고 입국한 한국인들이 있을 가능성이 훨씬 크기 때문에 그 점을 감안하면 정주자의 대부분이 '재일조선인의 법적지위'라는 범주와는 구별되는 일반외국인 재류자격의 집단으로 간주되고 있을 것이다. 그렇게 보면 저 7,213명 중에 한 사람인 내 아버지나 나와 동생이 포함된 조선적 정주자 94명들은 소수자 속의 소수자라고 할 수 있다. 사실 이 속에는 한국전쟁 난민으로 일본에 건너온 사람도 포함된다. 재일조선인 중에 이제 정주자는 없다고 생각하는 사람들에게 있어서 정주자들은 영주신청을 안 하거나, 혹은 신청했는데 불허된 사람들 정도로 생각할 것이다. 나도 이제까지 여러 번 질문을 받은 적이 있다. 왜 영주신청을 안 하냐고.

아버지의 경우는 오랫동안 자신이 '밀항자'였기 때문에

영주허가를 받지 못할 거라고 생각했고 같은 '밀항자'였던 동포들이 영주자격을 받게 되는 걸 보면서부터는 영주신청을 해보고 싶었지만 그 복잡한 서류 절차가 귀찮아서 할 마음이 생기지 않았다고 했다. 어머니도 거의 아버지랑 같은 생각이었지만 아버지와 크게 달랐던 점은 말년까지 계속 고향에 돌아가고 싶어 했다는 점이다. 그러나 쉽게 '귀환'할 수는 없어 어머니는 1990년에 고향을 방문하기 위하여 외국인등록증의 국적란 표기인 '조선'을 '한국'으로 바꾸고 제주와 도쿄의 국경을 '마음대로' 넘나들었다. 아버지는 어머니에 이끌려 이듬해인 1991년에 한국으로 바꾸었다. 실로 36년 만의 고향길이었다.

그러면 나는 왜 영주자격 신청을 하지 않고 현재까지 정주자로 있는가. 앞에서 쓴 것처럼 영주자격이 정주자와 재류기간의 차이만 있고 불안정한 지위라는 점에서는 크게 차이가 없기 때문인가. 아니다. 재류기간의 제한이 없다는 것이 얼마나 큰 차이가 있는지, 나는 뼈저리게 안다. 여기서 나고 자랐는데 재류기한 갱신을 위해 30년 가까이 1년, 3년, 5년씩마다 갱신을 하러 시나가와 부둣가에 위치한 출입국관리국에 가야 하는 지겨움과 그때마다 일본정부에 여기에 있게 해달라고 부탁하는 굴욕감을 느끼고 온 나로 하여금 그 번거로움에서 벗어날 수 있는 것은 천만다행이 아닐 수 없다. 그렇지만 나는 영주신청은 안 할 것이다. 만약에 내가 자의적으로 재류자격을 변경할 '선택'을 한다면 그것은 특별영주자격 신청이 될 것이다. 나와 나의 가족들에게 주어진 〈4-1-16-3〉이 현행법상 해당 대상이 아니지만 말이다. 특별영주자가 되면 재류기한이 없어지고 재류카드의 휴대의무가 없어지고 출입국할 때 지문날인과 안면사진의 의무가 없어지고 퇴거강제의 조건도 완화된다. 그래서 나는 특별영주자격을 신청하고 싶은가. 그 이유 또한 아니다(물론 그랬으면 더 좋겠지만).

내가 특별영주자격이라면 신청하겠다는 말은 곧 일반 외국인의 범주가 아닌 구식민지 출신자들의 범주에 나의 지위를 '귀속'시키고 식민지 출신자로서의 법적 정체성을 되찾고 싶다는 문제의식의 발현이다. 내가 과녁으로 삼는 것은 정주자와 영주자, 그리고 특별영주자를 분리하고 규정하는 법적 범주이지 결코 식민지 출신자들과 일반 외국인들을 세분화하고 서열화해야 한다는 의미가 아님은 두말할 것 없다.

특별영주자들은 2021년 7월 현재 304,430명이 존재하는데 재일조선인들이 300,786명이고 여기에 한국, 조선적 다음으로 많은 타이완적 1,114명을 포함하면 실로 99% 이상이 구식민지 출신자들의 재류자격임을 알 수 있다. 이 때문에 특별영주자격은 일반 외국인의 영주자격과 범주를 달리한다고 할 수 있다. 일본제국의 확장과 해체과정에서 발생하고 미국의 점령과 지배 아래 구축된 동아시아 냉전체제와 질서 안에서 방치된 구식민지 출신자들의 법적 지위가 일반

외국인들의 그것과는 범주가 같을 수 없다는 논리는 여기서 비롯되는 것인데 현재 일본에서 감행되고 있는 외국인들에 대한 비인도적이고 인권탄압적인 정책은 이 구식민지 출신 자들에 대한 관리가 그 기원이자 출발이었다. 1952년 샌프란시스코 강화조약 발효와 더불어 만들어진 이 출입국관리 체제는 70년 가까운 오랜 기간에 몇 차례 개정이 있었으나 외국인들을 잠재적 범죄자로 지목하고 강제추방한다는 외국인관리체제의 본질은 바뀌지 않았고 관리체제의 골자는 현재까지 관철되고 있다. 구식민지 출신자들의 역사와 외국인 문제의 현재는 여전히 중첩되고 교차하고 있다고 할 수 있을 것이다.

그렇다면 특별영주자가 아닌, 과거에 재류특별허가제도의 자격으로, 현재는 그것이 이행한 정주자 자격으로 일본에 살고 있는 나는 재일조선인 역사와 어떻게 중첩되고 교차하는 것일까?

성공회대의 권혁태는 『주권의 야망』에서 "126[5] 자격이나 협정영주권 제도가 일본의 식민지 지배 결과로 일본에 살 수

5 법률126호는 1945년 9월 2일 이전부터 샌프란시스코강화조약 발효 시인 1952년 4월 28일까지 계속해서 일본에 재류한 자(이 기간에 태어난 2세 포함)가 별도로 법률상 재류자격 및 재류기간이 정해질 때까지 계속해서 일본에 재류할 수 있는 자격을 의미한다. 4월 28일 이후에 태어난 126 해당자의 2세는 4-1-16-2(특정재류)로 분류되었다.

밖에 없게 된 재일조선인의 특수성을 고려한 제한적인 조치였다고 한다면, 재류특별허가제도는 이러한 특수성을 말살하고 재일조선인을 '일반외국인화'함으로써 식민지와의 연결고리를 끊어버리는 역할을 했다고 볼 수 있다"[6]고 지적했다.

권혁태의 이 날카로운 지적에는 우리 가족이 겪은 모순과 부조리도 함축되어 있다고 할수 있을 것이다. 그는 1950~70년대의 밀항자와 형법위반 등으로 퇴거강제대상이 된 재일조선인들을 조사하는 과정에서 법126 해당자나 협정영주자가 형법위반 등으로 '영주'자격에서 재류특별허가에 '격하'하는 예를 두고 식민지와의 연결고리(영주자격)를 끊어버리는 재류특별허가의 역할을 지적했다. 또 그는 ①불법입국자의 특별재류자격으로의 신분 '격상'과 ②기존 영주권자의 특별재류자격으로의 신분 '격하'가 동시에 선별적으로 진행되었다고 했는데 ①의 신분 '격상'이나 ②의 신분 '격하'나 재일조선인을 '일반외국인화'했다는 점에서 재류특별허가제도의 역할은 똑같았다고 해석할 수 있을 것이다. 이것을 내 가족의 이야기로 환언시키면 아버지는 ①에 해당된다. 어머니 경우는 해방전에 오사카에서 태어났고 해방 후에 외할아버지가 합법적으로 일본에 살았기 때문에 잠재적으

6 권혁태 「'밀항자'는 어디에서 와서 어디로 갔을까?」, 『주권의 야망-밀항, 수용소, 재일조선인』, 한울, 2017, 41쪽

로는 법126 해당자가 될 수 있었는데 계속 일본에 거주하지 않고 제주에서 밀항을 했기 때문에 ②의 경우라고 말할 수도 있을 것이다. '격상'과 '격하'에 차이는 있으나 이 두 경험은 식민지 시기에 형성된 '국경을 걸친 생활권'에서 이동이 자자했던 제주도민들의 사례에서 크게 벗어나지 않는다고 할 수 있다.

1952년에 시행된 법126호가 1965년의 한일지위협정영주(한국적), 1983년의 특례영주(조선적), 1991년의 특별영주(협정/특례)라는 재일조선인들의 재류자격의 해당자를 규정하는 모든 시작이자 근본적 조건이었다면, 재류특별허가제도는 같은 조선인들을 이 제한적인 재류자격에서조차 배제하고 일반외국인의 범주에 철저히 가두어버렸다고 할 수 있다. '1945년 9월 2일 전부터 1952년 4월 28일까지' 일본에 계속 있었는지 아닌지, 한번도 그 시기에 일본 영토 밖을 나간 일이 있는지 없는지. 모든 관건은 법126호 해당자인지 아닌지였고 법126호의 규정성과 프레임은 철석같다. 일본정부와 미군점령당국은 이렇게 재일조선인들의 법적 지위를 왜소화하고 새분화하고 서열화했다.

이 지점에서 구두심리 날의 아버지의 또 하나의 기억을 마지막에 덧붙이고 싶다. 아버지한테 '추방한다'고 언성을 높이며 겁을 준 심리관이 아버지의 입국 날을 집요하게 확인했다고 한다. 심리관은 구두심리를 하기 전에 오사카에서 아버지가 살았던 동네와 그 주변을 샅샅히 뒤졌고 아버지가 '코우 미쓰오'의 등록을 가지고 있었던 사실까지 알아내고 있었다고 한다. 그리고 아버지가 입국한 날이 자수했을 때 말한 1955년이 맞는지, 1952년이 맞는지 정확히 말하라고 집요하게 물었다고 한다. 오사카에서 아버지를 아는 어떤 동포 여성이 아버지가 1952년의 2월쯤에는 오사카에 이미 있었다는 '증언'을 했다고 한다. 자신이 그때 즈음에 아들을 낳아서 기억한다고 했다는데 나중에 알아봤더니 그 여성이 아버지를 구하려는 일심으로 거짓말을 했던 것이다. 심리관이 집요하게 물었던 것은 15년의 시효와 관련이 있었기 때문인 것 같은데 그 여성은 왜 하필 그 날짜로 거짓말을 했을까. 아니, 거짓말이 아니라 무언가 착각한 기억을 심리관에게 말했을 뿐일지 모른다. 확실한 것은 아무것도 없지만 나에게는 그 이야기가 아주 인상적으로 남았다.

한국사회에도 이미 많이 소개가 되고 잘 알려진 재일조선인에 대한 담론 중에 많은 부분들이 '제국시절 신민으로 강요했던 일본 국적을 일방적으로 상실시키고 외국인으로 간주했다'는 일본정부의 정책을 비판한다. 물론 제2차 세계대전의 전후처리 문제에서 해당 나라들이 국적 선택의 기회를 준 유럽의 사례와 비교를 해봐도 일본정부와 GHQ당국이 재일조선인들에게 국적 선택의 기회를 주지 않았다고 하는 비판은 틀리지 않았다. 그러나 보다 본질적인 문제는 재일조선인들을 '해방민족'의 성원으로 취급을 안 했던 정책에 있다고 봐야 할 것이다. 재일조선인의 바람직한 법적 지위는 '일본인'도 아니고 '외국인'도 아닌 '해방인민'이었어야 한다는 생각이다. 그러지 못한 데서 비롯되는 복잡한 모순과 부조리 속에서 재일조선인들은 세분화되고 서열화되고 차별되어 왔다. 그런데 사실 이 문제는 일본정부의 식민주의 책임에 대한 인식의 철저한 결여와 불성실을 첫째의 원인으로 두면서도 남북 분단이라는 '미완의 해방', 이루지 못한 '탈식민화'와 동아시아의 '탈냉전'의 문제와 깊이 연관된다. 그렇게 생각할 때 '해방인민'이라는 지위는 결코 재일조선인에게만 주어지는 목표가 아닐 것이다. '밀항의 역사가 한반도와 일본열도를 횡단하는 탈국경의 역사'[7]였던 것처럼 밀항자의 딸로 태어난 나의 정체성과 우리 가족의 역사를 재일조선인이라는 범주에만 가두지 않을 것이다.

김미혜
조선현대사/동아시아냉전사/오키나와조선인사
도쿄대학대학원종합문화연구과 특임연구원

7　권혁태, 같은 책, 50쪽

유령들의 길거리문학路上文學으로의 초대
-김시종 · 홈리스 · HARUKO들

고영란 지음

윤인로 옮김

1 엇갈린 두 개의 '생生'

'나'라는 일인칭을 매개로 역사 속에다가 자기/사史를 투입하고 '나'라는 주체의 위치를 전략적으로 조정하는 쓰기방식은 결코 희귀한 게 아니다. 그것은 SNS에서의 발신이 융성한 이 시대를 생각한다면 누구라도 행할 수 있는 것일지도 모른다. 그러나 아직 보수적인 앎의 현장 속에서 독자의 신뢰를 확보하거나 역사이야기의 흐름을 바꾸려는 입지까지를 확보하는 일에 관해 생각한다면, 그런 쓰기방식이란 이른바 신뢰할 수 있는 출판매개를 확보할 수 있는 실적 쌓은 사람들에게만 한정되는 것이기도 할 터이다.

우선 2000년대 들어 일본어로 제작된 두 개의 다큐멘터리를 주목하고 싶다. 하나는 현대 일본어문학을 대표하

는 시인 김시종에 초점을 맞춘 〈바다울음海鳴り 속을: 시인 김시종의 60년〉(NHK, 2007년 10월 3일 방송)이고, 다른 하나는 자이니치在日 조선인 여성 정병춘의 일본인명 '카네모토 하루코'에서 제목을 딴 〈HARUKO〉(노자와 카즈유키 감독, 2004)이다. 그 두 사람은 일본에서의 체류 기간, 도항 회수, 생활 기반 등이 서로 다르지만 모두 제주도 출신이며, 4 · 3을 계기로 '밀항'이라는 방법을 취해 거의 같은 시기에 옛 종주국으로 이동하였다.

〈바다울음['폭풍의 전조'를 뜻함] 속을: 시인 김시종의 60년〉은 김시종이 거세지고 있는 제주도의 파도소리를 반주삼아 눈물을 억누르고 '내 사랑 클레멘타인'을 조선어로 노래하는 장면에서 시작된다. 이는 그가 아버지에게 배운 유일한 노래라고 한다. 1929년생인 김시종은 조선의 제주도에서 일본의 패전을 옥음방송으로 알았다. '뼛속까지 황국皇國 소년'이었던 그는 열흘 넘게 음식이 넘어가지 않을 정도로 쇼크를 받았다. 그러나 조선의 독립 이후, 새로운 언어로서 조선어를 배우는 과정에서 식민지 지배의 실태를 알게 된다. 이윽고 제주도에서 남조선노동당의 멤버로서 남측의 단독 선거에 반대한 봉기에 가담한다. 1948년 '4 · 3'이 그것이다. 군대에 의한 진압의 강도가 세지면서 그는 지명수배된다. 결국 그는 '아버지'가 마련해 준 밀항선에 숨어들어가 오사카 이카이노

(현재의 이쿠노)에 도착한다.[8]

김시종은 2000년 4월 도쿄에서 열린 제주도 4 · 3 사건 52주년 기념강연회에 이르기까지 공적인 자리에서 4 · 3에 관해 이야기한 일이 없다. 그는 그 이유로 두 가지를 든다. 하나는 4 · 3 사건을 생각하고 있는 사람들에 대한 배려이고, 다른 하나는 체류자격의 문제 곧 그 자신이 불법체류(일본)와 4 · 3 관련 지명수배자(한국)라는 이중구속 상태에 있었다는 점이다. 정확한 시기는 분명하지 않지만 김시종은 일본에서의 외국추방을 피하기 위해 '하야시 타이조'라는 명의를 사서 특별영주권을 획득했으며, 따라서 한국적韓国籍을 취득할 즈음에는 새로 만든 호적에도 하야시 타이조로 등록할 수밖에 없었다.[9] 이런 사정을 잘 알고 있는 소설가 김석범은 '김시종'이라는 고유명을 "유령"에 비유하고 있다.

그는 양친을 두고 제주도에서 도망쳐 나왔고, 그 부모도

---

8 다큐멘터리의 도입부 연출은 아버지의 20주기에 맞춰 쓴 「클레멘타인의 노래」(타니카와 슌타로 편, 『말 · 시 · 아이』, 세계사상사, 1979년)를 연상시키는 것이다. 그는 최근의 『조선과 일본에서 살다』(이와나미 신서, 2015년)에 이르기까지 밀항의 기억, 특히 아버지와의 기억에 관해 이 노래를 매개로 표현할 때가 많다. [본문에 나오는 이카이노(猪飼野)는 '돼지를 기르는 들판'을 뜻하는 크고 오래된 자이니치 조선인 거주지. 1973년 지명이 변경됐으나 여전히 상징적 고유명으로 알려져 있음.]

9 2003년 한국적 취득 시에 주변 사람들에게 보낸 「인사」라는 글(『조선과 일본에서 살다』의 맨 끝 페이지에 전문 게재됨)을 참조할 수 있다.

> 이미 돌아가셨으며, 등록증의 '하야시 타이조'도 본명이 아니다. 진짜 이름은 김시종이지만, 이를 객관적으로 증명할 수 있는 것은 아무 것도 없다. (…) 그는 북에서 태어났으므로 출생기록도 없을 터이다. 이 인간의 존재를 증명하는 서류는 아무 것도 없다. 김시종은 유령 같은 존재가 아닌가. 이제야 겨우 제주도에 본적이 생기게 됐고, 그렇게 유령이 인간이 된 듯한데, 어떻게 한국에서 호적을 만들었을까.[10]

이렇게 당시의 상황을 통해 생각해보면, 사형 선고와도 같은 지명수배로부터 도망치기 위해 밀항하는 과정에서, 제주도에 분명히 존재하고 있던 살아있는 맨몸의 인간으로서의 '김시종'이 가진 기억-흔적은 말소되고 말았다고 하겠다.[11] '김시종'이라는 세 한자로 된 명사는 일본과 한국에서의 주민등록이라는, 국민국가의 틀 안에서의 생존을 위한 기호이면서도 동시에 이동의 모든 자유를 얻기 위해 필요한 공식적인 신분증에는 기재될 수 없는 위험한 기호였고, 다만 시인의 필명으로서만 살아남을 수 있는 것이었다.

---

10 김석범 · 김시종, 『왜 계속 써왔던가, 왜 계속 침묵해왔던가』(증보판, 헤이본샤 라이브러리, 2015년, 195쪽, 200쪽)

11 군사독재정권 아래서 계속된, '빨갱이(アカ)'라는 '억울한 죄'가 두려웠던 친족은 사진을 포함해 김시종의 것들은 '모두 소각했다'고 증언한 바 있다(오구마 에이지, 강상중 편, 『자이니치 1세의 기억』. 슈에이샤, 2008년, 570쪽).

그러나 그런 '유령'이 만들어진 사태를 '자이니치'라는 마이너리티 아이덴티티에 부수되는 '보편[적인 것]'으로 파악하는 데에서 사고를 멈출 수는 없다. 그런 사정을 생각하기 위해, 여기서는 또 한 사람의 '유령'을 불러내고 싶다. 김시종이 밀항하여 이카이노에 숨어들었던 시기, 'HARUKO' 정병춘 역시도 흔들리는 밀항선에 몸을 실어 일본으로 돌아왔다. HARUKO는 1917년 제주도에서 출생했다. 아버지가 후계 자식을 낳기 위해 만든 '첩'(영화 속 표현)의 '딸=실패작'. 즉, 그녀는 아버지의 집에서는 아무 가치도 없는 '생'이었다. 8세에 어머니가 돌아가신 이후부터 아버지의 집에 맡겨졌지만, 김시종이 태어난 1929년 친척에 의해 오사카에 오게 되었고, 봉제공장에서 숙식하며 일하기 시작했다. 그런 이동은 그녀의 인생을 격변시키는 사건이었을 터이다. 그러나 그 이동에 얽혀있는 사정은 '집=아버지'에게 중대한 후계 외아들이었던 '김시종'과는 다른 것으로서, 그 누구의 기억에도 들어있지 않은 것인 듯하다. 제주도에 그녀의 귀환을 기다린 사람이 있었던 것도 아닌 듯하다. 17세에 마찬가지 제주도 출신인 김치선과 결혼하고 봉제공장을 경영하지만, 오사카 대공습에 집과 공장이 불탔고, 이후 도박에 미친 남편은 행방불명. 그녀는 남편의 거듭 쌓인 빚더미와 배반 속에서도 3남 4녀의 생계를 짊어졌다. 4 · 3이 있던 1948년에 제주도로 이동하고, 거기서 9인 가족 모두가 함께 살았던, 그녀의 인생에서는 예외적인 2년을 보낸 이후, 조선전쟁 한복판(1950년 12월)에서 다시 옛 종주국으로 돌아왔다.

HARUKO는 일본/어로도 조선/어로도 교육을 받지 못했으며 읽고 쓰기가 전혀 불가능했다. 그러나 기억력과 상업적 수완이 능란했던 HARUKO는 오랜 기간 비합법이었던 파친코 경품 매매로 37회나 체포되면서도 자신의 상점을 줄곧 지켜냈다. 밀항으로 현해탄을 건넌 HARUKO가 거듭 체포되면서도 외국추방을 피할 수 있었던 것에서 그녀 역시도 김시종처럼 명의를 샀을 가능성을 부정할 수 없을 것이다. 여기서 내가 기록하고 있는 '정병춘鄭秉春' 혹은 '카네모토 하루코金本春子'라는 한자는, 그녀 자신에겐 읽을 수 없는 것이며 쓸 수도 없는 것이다. 소리를 매개로 하여 사는 HARUKO는 '정병춘'이라는 한자 고유명사를 조선으로부터 갖고 들어왔던 것일까. 아니면 그것은 일본에서 공식적인 신분을 표시하는 기호였던 것일까. 나는 알지 못한다. 그녀의 '합법적'인 신분 획득에 관해서는 그녀 자신이 이야기하지 않는 이상 확인할 방도가 없다. 37회나 체포되고 취조를 받으면서도 그녀는 자신의 상대거래처를 한 번도 말하지 않았다. 일본어와 조선어의 경계가 애매한 독특한 'HARUKO어語'로 발화하는 그녀는, 평소에는 상당히 요설饒舌이다. 그러나 곤란한 것에 관해서는 완전히 '침묵'한다. 누구보다도 스스로를 지키는 방도를 알고 있는 것이다.

영화 속에서 쓰기언어와는 아무 인연이 없었던 HARUKO의 '생'은 그녀의 목소리보다는 그녀를 지켜봤던 장남의 '목소리-위치'로부터의 내레이터에 의해 재구성된다. 이 영화는 원래 2003년에 방영된 후지테레비 다큐멘터리 〈어머니여! 찢겨진 자이니치 가족〉이 화제가 되고서 노자와 카즈유키에 의해 영화화됐던 것이다. 이야기 내용은 영화감독이 촬영한 현재의 HARUKO와, 장남이 촬영한 1950~60년대 HARUKO의 영상이 교착되는 형태로 편집되어 있다. 장남 김성학은 일본대학 예술학부를 중퇴한 뒤부터 총련[朝鮮]総連의 영화제작소 촬영조수를 했지만, 그 시기부터 줄곧 HARUKO를 찍고 있다. 그의 영상에는 경품 입수나 매매를 행했던 신주쿠의 암시장 광경, HARUKO가 경시청에 연행되거나 석방되는 광경, 오무라 수용소[12]에 누이를 데리러 가는 광경도 기록되어 있어, 그것 자체가 역사적인 자료로서도 큰 가치가 있다. 분명 HARUKO가 주인공인 영화임에도, 장남의 내면은 개시되지만 HARUKO의 내면에 접속하는 회로는 확보되고 있지 못하다. 자이니치 여성(HARUKO)을 주인공으로 삼으면서도 그녀의 장남에 의해 그녀의 인생이 역사화되는 구도가 되고 있는 것이다.

---

12 [6·25 전쟁 이후 조선인 밀항자 및 자이니치 범죄자를 송환하기 위한 수용소. 법무성 입국관리청 산하의 시설이었으며, 나가사키 현 오무라시에 있었음.]

바로 그 지점이 김시종 곁에 바짝 붙은 내레이터에 의해 만들어진 〈바다울음 속을: 시인 김시종의 60년〉과 비교할 때의 가장 큰 차이점이다. 최근의 김시종은 자기 역사의 회복에 집중하고 있는 것처럼 보인다. 2012년에 나온 『조선과 일본에서 살다: 제주도에서 이카이노로』는 역사적인 기록을 참조하면서 그 자신의 '생'을 재정리한 다음, 그것을 조선반도에 관한 분석과 일본 · 한국 간의 관계사 속으로 재투입해 간다. 그것이 오사라기 지로상을 수상하는 등 화제가 되었다. 그의 기억-기록은 '진실 게임'에 말려들어 여러 의심의 눈초리에 노출되지 않고 중요한 '역사'로서 취급되었으며, 시인 김시종의 '작품'으로서 문학의 장에서도 수용되고 있다.

이와는 달리 HARUKO의 기억-목소리는 주어(주체로서 취급됨)가 아니라 대상으로 전경화前景化되고 있다. 그것이 현저하게 드러나는 장면이 있다. 어머니의 고깃집을 이어받은 장남은 경영능력이 너무 없었으므로 어머니로부터 주의를 받은 적이 많았음에도 대꾸 없이 견디고 있었다. 참을성 강해 보이던 그 아들이 딱 한 번 어머니에게 강하게 대꾸하는 장면이 바로 그것이다. 어머니가 카메라를 향해 '징용'으로 일본에 끌려왔다며 그녀 자신의 이동에 관한 말을 꺼내자마자 아들은 당황하여 그녀의 발언을 저지하려고 한다. HARUKO가 일본에 왔던 1920년대에는 아직 징용이 시작되지 않았기 때문이다. 그는 역사적인 사실에 반하는 것, 역사적인 자료가 없다는 것을 이유로 HARUKO를 거듭 강하게 책망한다. 쓰기언어와 만날 일이 없는, 역사 교육을 받은 일이 없는 HARUKO는 '역사적 자료'라는 아들의 말에 위축되었으며, 방에 들어가 잠든 척 한다.

혹시라도 봉제공장에서 오래도록 일했던 그녀가 징용으로 끌려왔던 사람들과 동일한 공장에서 일한 것일지도 모른다. 아니면 친척에게 이끌려 왔다고만 말하는 그녀 자신의 이동에 관한 기억 속에 사람들로부터 들었던 '징용'이라는 말을 상기시키는 뭔가가 있었던 것일지도 모른다. 만약 그렇다고 한다면, 우리는 장남의 위치에 서서 HARUKO 자신의 이동에 관한 '증언-목소리'를 무지하기에 생겨난 기억의 날조로서 애초부터 무조건적으로 부정해야만 하는 것일까. HARUKO의 '생'은 새로운 자료와 조우할 때마다 갱신을 거듭하는 김시종의 '생'과는 전혀 만날 수가 없는 것일까. 그런 질문들로부터 새로운 생활사 혹은 문학을 생각하는 일은 불가능한 것일까.

2 여자가 자기 역사自分史를 이야기하다 · 문학을 엮어내다

식민지시대에 내지內地로 이동해왔던 많은 여성들은 HARUKO와 마찬가지로 교육을 받을 기회를 얻을 수 없었다. 최근 문

맹이라고 할 수 있을 자이니치 여성들의 작문을 이어 엮은 책이 화제가 되었다. 강윤이 · 스즈키 히로코 · 탄노 키오토 편, 『저도 시대의 일부입니다: 카와모토 · 사쿠라모토 할머니ハルモニ들이 꿰맨 생활사』(일본평론사, 2019년)가 그것이다.

이 책의 선연한 표지에 압도되어 잠시 동안 책장을 넘길 수가 없었다. 연필을 제대로 쥐고는 일본어를 쓰고 있는, 주름진, 여성의 손 위에 겹쳐진 '저도 시대의 일부입니다'라는 히라가나 문자. 이 책에는 그녀의 손에 새겨진 주름의 수만큼이나 많은 사람들의 기억이나 추억이 일본어를 매개로 직조된다.

이 책의 발신현장은 가나가와 현 가와사키 시에 있는 사쿠라모토라는 마을로, 1920년을 전후하여 식민지지배가 산출한 이동에 의해 '코리안 집합거주지역'으로 형성되어 있던 곳이다. 1970년대 본격화된 민족차별을 없애려는 지역활동이 1988년 만남의 회관ふれあい館[일종의 마을회관] 개설로 이어졌다. 그곳의 주된 활동 가운데 하나가 글자배우기 학급 운용이었다. 이 책에는 그 학급에 참가했던 고령의 여성들이 그리고 쓴 그림과 문장 등의 작품이 수록되어 있다.

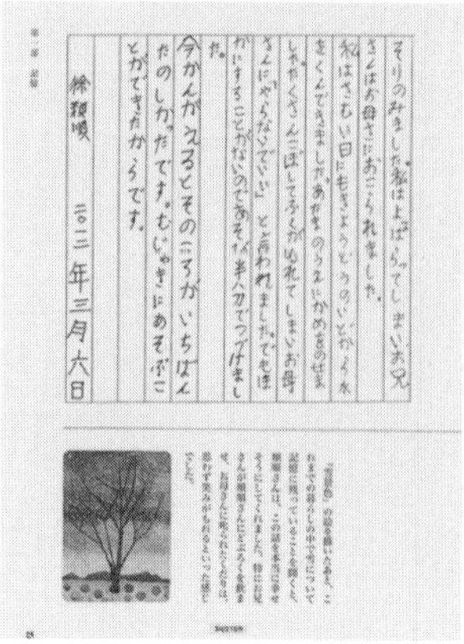

이 책의 여성들이 기록한 '이야기-작문'에는 그 장소의 공기, 말, 동작, 사물을 매개로 우발적으로 떠오른 기억들이 섞여 들어가 있다. 여성들의 손글씨 작문이나 그림이 사진의 형태로 수록되거나 녹취록으로 재현되어 있는데, 인용한 이미지에서 볼 수 있듯, 그 문장들 아래에는 그것이 어떤 상황에서 산출됐던 것인지, 작문의 내용이 여성들의 개인사 속에서 어떤 의미를 갖고 있는지에 대해 여성들 자신에 의한 '설명-목소리'의 재현이 혼합된 설명 형식으로 구성되어 있다.

여성들의 대부분은 1920년대의 조선반도 출신이다. 김시종과 거의 동일한 세대이며, HARUKO와 마찬가지로 조선어나 일본어를 읽거나 쓸 수 없다. 그녀들이 조선어나 일본어 학습의 기회를 빼겼던 것은 식민지지배의 책략(식민지 조선에서는 의무교육이 실시되지 않았다)이나 빈곤층이었기에 내지로의 이동 이후에 피할 수 없었던 경제적 · 민족적 차별 때문만은 아니다. 거기에 젠더의 문제도 복잡하게 관련되어 있다. 김부자는 식민지 시기에 "'한정된 취학 기회('민족' 요인)'와 '한정된 경제력('계급' 요인)'이 남자에게 우선적으로 배분되고, 학교교육을 둘러싼 조선총독부 및 조선사회 쌍방의 성별편향적인 '젠더' 규범에 의한 요인이 더욱 불리하게 작용했던" 사정에 주목하면서, "조선인 남자의 '포섭'과 조선인 여자의 '배제'는 식민지 취학구조라는 동전의 양면 관계로서 발생하고 있었다"[13]고 지적한다. 식민지조선과는 교육시스템이 달랐던 내지에서도 조선인 여성의 식자율은 식민지와 거의 동일한 레벨이었다.[14] 1940년 문부성 통지에 의해 내지 조선인 아동에게는 의무교육이 적용되었다. 그러나 그것은 입학신청서 제출 및 허가제로 운용되었기 때문에 그 실태는 의무교육과는 거리가 먼 것이었다.

조선의 독립 이후에도 상황은 그다지 변하지 않았다. 그것이 단순한 일이 아니라는 것은 송혜원의 『'자이니치 조선인 문학사'를 위하여: 목소리 없는 목소리의 폴리포니』가 분명히 보여주고 있다. 송혜원은 앞서 서술했던 여성들을 "1세 여성"이라고 명명하고, "1970년 이전에는 그렇게 아무것도 쓸 수 없는 상태가 아니었음"을 확인한 다음, "그 역사의 특수성, 문제의 고유성에까지 진입해 들어가는 작업"이 필요하다고 쓴다.[15] 송혜원은 자이니치 1세 여성들이 참가했던 총

13 김부자, 『식민지기 조선의 교육과 젠더: 취학·미취학을 둘러싼 권력관계』, 세오리쇼보(世織書房), 2005년, 250쪽을 참조.

14 예컨대 1934년 오사카부(府) 학무부 사회과의 「오사카 조선인의 생활상태」에는, 조선인 배우자 가운데 "학교교육을 받지 않은 사람은 전체 10097명 중 95%로 거의 전부"라는 통계가 보인다.

15 이에 더하여 송혜원은 "일본의 출판사가 간행한 것이 거의 존재하지 않

련 주도의 조선어 학급에서의 작문과 1970년 이래의 야간학교에서 탄생한 일본어 작문을 상세히 분석한다. 그렇게 조선어 작문은 "민족적인 과제가 우선시되었기 때문에 여성의 내면세계나 개성을 표현할 기회가 제한"됐던 데에 반해 일본어 작문은 "일본인 선생을 우러러보는 조선여성학생이라는 역할" 혹은 "일본의 피차별 민족집단의 일원이라는 배역을 받아들임으로써" "일본의 식민지 지배에 비판적인 관점을 가진 일본인에게 감동을 주려는 경향이 강했다"고 지적한다.

여기서 주의해야만 하는 것은 사회의 '아래'로부터 올라오는 목소리를 평가해'주자'라는 '선의'에 가득한 '위'로부터의 '시선'을 통해서는 아무런 새로운 논의도 만들어질 수 없다는 점이다. 배제됐던 것들로 엮여진 것에 대한 과잉된 의미부여와 상품화가 언제나 차별을 품고 있었다는 것은 역사를 통해 배워왔던 것이다.[16] 강윤이는 『저도 시대의 일부입니다』의 해설에서 카도야 히데노리의 '비식자자非識字者[이하 '문맹자'] 차별(읽기 · 쓰기 능력이 자명하게 여기지는 사회에서 문맹

는 상황에서 자이니치 조선 여성문학사를 더듬어 살피는 일, 그것은 자이니치 조선인 문학이란 무엇인가를 탐색하기 위한 수원지(水端)가 되는 일이기도 할 것이다"라고 서술한다. 송혜원, 『'자이니치 조선인 문학사'를 위하여: 목소리 없는 목소리의 폴리포니』(이와나미쇼텐, 2014년), 49~50쪽을 참조.

16 나카야 이즈미, 『그 민중이란 누구인가: 젠더 · 계급 · 아이덴티티』, 세이큐샤(青弓社), 2013년을 참조.

자의 생존권 · 사회권은 다양한 형태로 침해되고 있음을 표현함)' 이 내재되어 있는 사회에서 문맹자에게 식자識字를 강요하는 것은 그들을 식자 우위의 사회에 종속시키는 것을 의미한다는 중요한 지적을 하고 있다. 그녀들의 일본어는 학교 교육의 엄격한 규범 아래에서 강제/교정되어 가는 '올바른-일본어'와 달리, 조선어의 매개를 강하게 받은 형태로서, 문자로부터가 아니라 귀로부터 들어간 것이며, 오랜 시간 동안 신체에 깊게 각인됐던 것이다. 그렇기에 거기로부터는 개개인이 놓인 환경에 따라 상당히 다른 형태가 보인다. 그녀들이 참가한 식자 학급에서는 굳이 올바른 규범에 따른 강제/교정을 행하지 않았기 때문에 그녀들의 작문에서는 시각의 레벨에서도 음성의 레벨에서도 하나의 틀에 갇히지 않는 다원적인 레벨의 역사가 부상하게 된다.

이 책의 목차는 제1부 '기억', 제2부 '어떻게 살아왔던가', 제3부 '지금 생각하게 되는 것', 제4부 '교실 밖으로'라는 흐름을 보여준다. 태어나 자랐던 조선반도에서의 추억, 일본으로의 이동, 일본에서의 생활, 사쿠라모토에서 늙어감이라는 상황과 마주하는 일, 2015년 9월에 전쟁반대 데

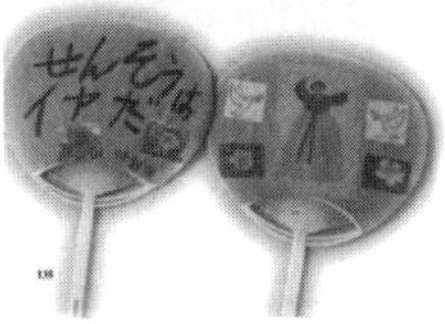

모(사진 참조)를 기획하고 '처음으로 길 위에서 목소리를 높였던 일', 이로 인해 헤이트 스피치[증오 언설]의 표적이 되었던 일, 2016년 헤이트 스피치 해소법 제정을 끝까지 관철하기 위해 국회로 갔던 일 등이 시간적 종축으로 배치되어 있다. 그녀들과 일본어 학습을 함께 했던 '공동학습자'나 이 책의 편자들이 오랜 시간 계속해왔던 대화 묶음을 역사적인 시간을 참조하면서 정리해냄으로써, 역사의 노이즈로 청취되지 못하고 배척되고 말 가능성이 높았던 목소리가 "우리들**도**"라는 주체의 지점에서 소리 높여질 수 있게 되었다. 자이니치 여성들의 그런 "**도**"의 레벨이 공동학습자나 편자들의 개입에 의해 확보됐던 것을 어떻게 생각하면 좋을까. 그 작업은 홈리스를 찍은 사진집 『STREET PEOPLE』의 타카마츠 히데아키, 길거리문학상의 심사평을 썼던 호시노 토모유키가 실천했던 것, 즉 편집작업에 관여하는 '나'를 투명화하는 게 아니라 마이너리티에 관여하는 과정을 속속들이 드러내는 것, 그럼으로써 나와 당신을 "**도**"의 레벨을 통해 접합시켜 가는 작업에 맞닿는 것이라고 할 수 있다.

3 "도"의 정치학과 길거리축제

길거리문학상이 화제가 됐던 때가 있었다. 그 상의 응모자격은 길거리에서 생활하고 있는, 또는 한번이라도 그런 생활의 경험이 있는 사람(생활보호의 대상인 사람도 OK), 간이숙박소나 인터넷카페를 잠자리로 삼고 있는 사람, 생활보호기숙사나 자립지원시설에 살고 있는 사람 등, 넓은 뜻에서 홈리스 상태에 있는 사람이다. 그렇게 모집하고 있는 문학작품이란 산문(하이쿠나 센류 등[짧은 시형(詩形)]이 아닌 문장)으로서 장르는 소설이나 논픽션 등 자유였다. 발기인은 소설가 호시노 토모유키와 홈리스들의 모습을 줄곧 찍고 있는 사진가 타카마츠 히데아키였다. 그 상은 호시노의 단편소설 「선배 전설」을 함께 실어 출간된 타카마츠의 사진집 『STREET PEOPLE: 길거리에서 사는 85인』(타로지로샤 에디터스, 2009년)의 수익금 일부로 시작하였다. '한 사람이라도 더 많은 이들에게 읽히게 할 것'을 목표로 삼았고, 4회째의 모집에는 크라우드펀딩 형식을 취하기도 했었다.[17]

『STREET PEOPLE』의 「서문」에서 타카마츠는 "홈리스"라는 말이 "인간관계나 눈에 비춰지는 풍경을 고정된 것으로 만들어버리는 시시한 기호"라고 서술한다. 따라서 "카메라 앞에 선, 길거리에서의 삶을 사는 사람들의 모습" 속에서 "홈리스"라는 "레테르에 대항하려는 각오"가 찍힐 수 있도록 했으며, 사진을 통한 그런 실천을 통해 "길거리에서 사

---

17 「홈리스문학, 길거리에서의 삶과 죽음」, 『아사히 신문』 2015년 12월 21일 석간, 1면.

는 사람들에 관한 통상적인 이미지를 자유롭게 해방시켜갈 수 있기를 원했다"고 기술하고 있다. 때문에 기록사진집에서 흔히 보이는, 찍는 쪽을 투명화하여 피사체의 '자연스러움'을 연출하는 게 아니라 "사진을 찍는 사람과 찍히는 사람, 곧 '나'와 '그들'이 맺는 친구 동료로서의 관계가 자연스레 드러나도록"했다고 말하는 것이다. 이렇게 "길거리에 있는 다양한 사람들과의 공동작업"을 "문학"의 레벨에서 실천했던 것이 길거리문학상일 터이다.

그 상의 수여가 시작됐던 시기, 길거리 생활자에 관한 논의는 빈곤의 문제만이 아니라 사회 배제의 측면에서도 전개되고 있었다. 홈리스의 존재는 그 이전부터 "보이고 있던" 것이었으며 "발견되고 있었던" 것이다. 그것이 빈곤의 한 형태로서 사회의 관심을 끌게 됐던 것은 "길거리 홈리스의 숫자가 누가 봐도 알 수 있는 형태로 증가"했기 때문이다. 사회학자 이와타 마사미의 조사에 따르면, 그 징후가 분명해졌던 것은 일본 경제의 버블 붕괴 이후인 1992년이며, 그 뒤에 더 증가 추세를 보이다가 1998년 전후에 한층 더 증가하게 됨으로써 정부에 의한 본격적인 검토도 시작되었다. 길거리에서 숙박하지 않을 수 없는 홈리스는 애초부터 통계에 의한 빈곤 조사를 통해서는 알 수가 없다. 사회통계에 의해 그나마 파악될 수 있는 것은 '보통'을 구현하고 있는 중류층 사람들일 뿐, 부유층도 빈곤층도 외국인 노동자도 누락되고 만다.

길거리문학상의 대상이 되는 “넓은 뜻에서 홈리스 상태에 있는 사람”이란, 이와타의 말을 빌리자면 “숨겨진” 홈리스를 뜻하며, 실태를 거의 파악할 수 없는 채로 사회로부터 그 상호관계를 거부당한, 그렇게 “자기책임”이라는 이름 아래 사회적 배제를 받게 된 사람들을 말한다. 이와타는 그런 배제의 특징을 다음 세 가지 점에 근거하여 정리하고 있다.[18]

> 첫째, 홈리스 사람들에게는 있을 곳이 없다. 그렇기 때문에 이웃과의 교제로부터 멀어지고 주민등록도 불가능하다. 주민등록표의 제시나 주소의 표기가 일단 전제로 되어 있는 공적인 제도를 이용하는 일도 불가능하다.
>
> 둘째, 있을 곳이 없음에도 살아가기 위해서는 자는 것, 먹는 것, 그 이외의 생활행위들을 도로나 공원 등의 공공적 공간에서 행하지 않으면 안 된다. 그런 뜻에서 홈리스 사람들은 불법점거자로서, 즉 아웃사이드로서 인식된다.
>
> 그렇기에 셋째, 그들의 생존은 보통 사람들의 생활권 주장(예컨대 공원에서 즐기고 싶다거나 도로를 안전하게 통행하고 싶다는 등등)과 대립하며, 갈수록 주변으로 추방되는

18 이와타 마사미, 『현대의 빈곤: 워킹푸어/홈리스/생활보호』(치쿠마쇼보, 2009년)의 제4장 「홈리스와 사회적 배제」를 참조.

경향이 있다. (…)

이렇게 주변화된 홈리스는 중도 퇴학당한 청소년에 의한 '부랑자 사냥'의 손쉬운 표적이 되며, 때로는 애처러운 사건의 희생자가 되어 왔다. 또 주민등록이 불가능한 상황에 놓여 거의 '유령'과도 같이 보이게 됨으로써 존재가 부정되고 공적인 제도로부터 배제되고 마는 것이다.

길거리문학상의 목적을 설명하는 문장들 속에는, "홈리스 상태에 있는 사람은 언제나 타인의 눈을 두려워하면서 생활하고" 있고 "외부를 향해 이야기하게 될 때는 자칫 일반적으로 유통되는 '홈리스 이미지'를 배반하지 않는 이야기를 하고 마는 경향"이 언급되고 있다. 그것은 사회로부터 배제당하는 쪽에다가 오히려 '타자' 배제에 무관심하거나 신경을 쓰지 않도록 만드는, 혹은 배제를 행하는 쪽에 있는 '머조리티[Majority(다수자/다수성)]'의 자존심이나 바람들을 이해하도록 요구하는 사회적 억압이 만들어낸 것이다.

문학은 쓰는 행위와 읽는 행위를 최소한의 성립 조건으로 한다. 타카마츠 히데아키가 말하는 "길거리에서 사는 사람들에 관한 통상적인 이미지를 자유롭게 해방시켜갈 수 있"는 가능성을 문학의 레벨에서 시도한 실천으로서의 '길거리문학상'은 '축제'로 표현될 수도 있는 것이다.

> 쓴다는 행위는 자기로부터 한 발짝 바깥으로, 자기의 권역 바깥으로 몸을 노출시키는 일입니다. 읽는다는 행위**도** 자기로부터 한 발짝 바깥으로 나가 타인의 권역 내부로 조금 더 말려들어가는 행위라고 하겠습니다. 그 둘 어느 쪽**도** 자기 바깥으로 나가서는, 누군가의 것이기**도** 하며 어느 누구의 것**도** 아닌 동일한 지평(=길거리)에서 조금씩 서로에게 접근해 가고 말을 끈으로 삼아 타인과 관계 맺는 일입니다. 그것은 곧 누구라**도** 몰려나가서는 각각의 입장을 넘어 뒤섞이는 축제라는 것이 우리들의 생각입니다. (길거리문학상 홈페이지)

'자기'와 '타인'이 '조금씩' '서로에게 접근'하여 '관계 맺는' '축제'로서의 '문학'. 길거리문학상은 말한다. "길거리 생활이라는 것**도** 여러 생활방식들 가운데 하나하는 것을 알아주길 바란다. 누구라**도** 언제라**도** 아무 상관없이 생활을 즐길 수 있는 것이며 그렇게 할 수 있는 권리가 있다. 어느 누구의 인생**도** 그 무게는 동일하다." 바로 그 '도'의 연쇄에 의해 발견되는 지평(=길거리)으로부터의 '문학-축제'는 동시대에 가와사키의 코리안 집합지역에서 엮여진 '할머니'들의 작문과 상호 반향하는 것이었다.

『저**도** 시대의 일부입니다: 카와모토 · 사쿠라모토 할머니들이 꿰맨 생활사』는 서류순 씨의 작문 「저**도** 시대의 일부입니다」로부터 책의 제목을 빌렸다. 길거리문학상이 말하는 '문학'의 뜻에 근거해 생각하자면, 자이니치 조선인 여성들의 '쓴다는 행위'란 자기 기억의 깊은 곳에 잠들어있던 다양한 과거를 불러내어 '자기로부터 한 발짝 바깥으로, 자기의 권역 바깥으로 몸을 노출시키는 일'로 해석할 수 있을 것이다. 또 여성들이 글자를 배우는 과정에서 생겨난 전쟁반대 데모나 헤이트 스피치에 맞선 이의제기를 두고 그녀들은 길거리문학상과 마찬가지의 뜻에서 '축제'로 표현하고 있었다.

그녀들의 작품집 제목 '저**도** 시대의 일부입니다'는 그녀들의 작품을 봐왔던 일본인 대학생이 그녀들의 어린 시절, 그러니까 조선인 여성이 겪은 식민지 지배시대의 경험을 읽고 그것을 일본인 · 대학생인 자기의 할아버지가 경험했던 공습 체험에 연결시켰던 것에 대한 반응이었다. 물론 일본인 남성이 겪은 전쟁체험과 조선인 여성이 겪은 식민지배 및 전쟁체험을 동일한 것으로 여길 수는 없다. 게다가 그 지점에다가 '머조리티[다수자(다수성)]'와 '동일한 높이'에서 발화할 수 있는 가능성을 연결시키려는 과잉된 기대를 품어서도 안 된다.

그러나 일본인 · 대학생과 서류순의 대화가 산출했던 '**도**'의 레벨을 미래의 '희망'으로서 희구하면서도 그 '길은 멀다'라는 지평을 놓지 않았던 자이니치 여성시인 종추월의 말은 검토할 필요가 있다. 1980년대에 종추월은 일본의 야간학교에서 작성된 문금분의 시 「나의 길」을 잡지 『신新일본문학』에 소개했다.

> 종이 한 장이 나를 바꾸었다
> 저쪽도 이쪽도 밝은 빛이
> 비춰들어요 검은 것도 붉은 것도 보입니다
> 저것이 이것이
> 인생이었던가 생각해요
> 그렇지만
> 아직
> 길은 멀지요[19]

일본어라는 문학을 매개로 뭔가를 쓰는 행위를 '밝은 빛'이나 새로이 뭔가가 '보이는' 것과 연결하고 그 속에 자신의 '인생'도 투입하고 있다. 이에 관해 종추월은 "자아의 체험에서 오는 지식만이 아니라 타자의 체험까지**도** 흡수하는 문학과의 만남을 통해 '아직 길은 멀다'라고 하는, 내일이라는 미지의 상태에 희망을 갖게 되었다"고 평가했다.[20] '타자

---

19 시인 문금분은 문맹이었다. 일본어 철자법이 틀린 곳, 예컨대 '인생이었던가'의 원문은 "人生たったか"이지만 바른 철자표기는 '人生だったか'이고, '그렇지만'의 원문은 "たけど"이지만 바른 표기는 'だけど'이며, '아직'의 원문은 "またまた"이지만 바른 표기는 'まだまだ'이다.

20 종추월, 「문금분 어머니(オモニ)의 일본어」(『신일본문학』 1985년 3월호). 이와 함께 이 시에 관해서는 송혜원의 앞의 책에서 시사를 받았다.

의 체험까지도 흡수하는 문학'이란 문금분의 체험이 여러 다른 일본어 사용자에게 '흡수'되는 레벨과 그들 일본어 사용자의 체험이 문금분의 일본어에 '흡수'되는 레벨이 교착된 것으로서 사용되고 있다.

만남의 회관에서 생겨난 글자 배우기 운동 및 우리학교ウリハッキョ 공동학습자인 스즈키 히로코는 글자 배우기 학급에 참가했던 첫날 만났던 조선인 여성(할머니)들의 일본어에 강한 충격을 받았다. 그것은 조선인 여성의 입에서 "상냥한 얼굴"에는 어울리지 않는 "강한 명령조"가 연발되었기 때문이다. 스즈키는 "잠시 뒤" "그녀들이 접해왔던 일본인 다수는 그녀들에게 최고로 정중한 말투를 취했을 때조차도 언제나 무언가를 '~하라'는 명령조로 답해왔음"에 생각이 미쳤다. 스즈키는 "그녀들의 언어 사용 속에서 일본 사회가 그녀들에게 보였던 상하관계와 차별의 구조를 선명히 발견할 수 있었고 강한 쇼크를 받았던"[21] 것이다.

즉 조선인 여성(할머니)이 오랜 시간을 들여 몸에 익힌 '일본어'의 목소리나 문학에는 정치적 · 경제적 · 문화적인 배제가 새겨져 있지만, 그것은 다름 아닌 '머조리티[Majority]' 자

---

21 스즈키 히로코, 「할머니들과 함께 배우며」, 가와사키 할머니 · 할아버지(ハラボジ)와 결속하는 2000명 네트워크 생활사 청취기록 · 편집 위원회 편, 『자이니치 코리안 여성 20인의 궤적: 국경을 넘어, 나는 이렇게 살아왔다』, 아카시쇼보(明石書店), 2009년, 208쪽을 참조.

신의 '일본어'였다. 또 그녀들이 HARUKO와 마찬가지로 밀항하여 이동해왔을 가능성을 넌지시 비치고 있는 점도 주의할 필요가 있다. 그녀들의 고유명은 전부 한자로 표기되고 있지만, 그녀들은 자신의 이름을 읽을 수도 쓸 수도 없었다. 그렇다고 한다면 누가 그 이름을 이동시켰는가라는 당연한 의문이 떠오를 것이며, 동시에 그녀들이 일본에서의 체류자격을 안정적으로 얻게 됐던 과정에서 김시종과 마찬가지로 '유령'이 되는 쪽을 선택했을 가능성 역시도 부정할 수 없는 것이다. 그러나 중대한 것은 본인들이 건드리지 않으려는 과거의 그 시간을 역사적 증언이라는 이름 아래 들추어내는 일이 아니다.

"저'**도**'" "시대의 일부입니다"라는 그녀들의 선언은 그녀들이 신체로 각인했던 '일본어'의 '작문'을 통해 산출됐던 것이다. 거기에는 그녀들의 개별적인 경험이나 자이니치 커뮤니티의 일원으로서의 경험만이 아니라 일본어 사용자와 주고받은 경험까지도 복잡하게 녹아들어가 있다. 할머니의 일본어는 HARUKO어語에 맞닿는 것이며 길거리 생활자가 사용하는 일본어에도 접합될 수 있는 것이다.

남성젠더화된 형태로 편성되어왔던 '자이니치'의 문법에 균열을 내는 단계에 와있다. 일본의 리버럴한 머조리티[Majority]의 취향에 들어맞는, '김시종'과도 같은 자이니치 · 남성의 세련된 목소리에 지나치게 기대지 않는 지점을 모색할

필요가 있다. 길거리문학상의 언어로부터 '길거리'라는 말을 빌려왔던 이유는 '누군가의 것이기**도** 하며 어느 누구의 것**도** 아닌 동일한 지평(=길거리)'으로서의 역사적이고 문학적인 공간의 가능성에 대해 논의하고 싶었기 때문이다. '홈리스'와 '할머니ハルモニ'라는, 이미 강력한 스테레오 타입으로 뒤덮여져 있는 기호에 균열을 내는 말들을 다름 아닌 '**도**'에 접합시키고 조금씩 서로에게 접근 · 관여해가는 행위로서의 역사와 문학. 거기에 '나'까지**도** 맞이어가는 지금 · 여기로부터 역사나 문학을 다시 생각해보고 싶은 것이다.

고영란
니혼대학 문리학부 교수, 일본근현대문학/문화 연구. 일본제국의 합법 비합법 출판시장과 검열의 문제에 관심을 갖고 있다. 최근에는 미일안보, 베트남전쟁, 한일국교정상화와 문화정치에 대한 연구를 진행 중이다. 저서로는 『전후라는 이데올로기』, 공편저로는 『검열의 제국』 등이 있다.

윤인로
『신정-정치』 저자

Σ 시

코로나 검사소에서

박승민

보이지 않는 세계는 얼마나 위험한가.
보이는 것만 믿는 믿음의 형제들,
피서 철 땡볕 아래 긴 줄자로 두 줄이다.

보이지 않는 것이
보이는 것을 통제했다.
움직이는 모든 것을 중단시켰다.

인간은 바이러스를 피해 다녔고
신약업계는 바이러스를 따라다녔지만
안 보이는 것들의 생존력은 인간 기술을 추월했다.

그러나 보이지 않는 세계는 너무 광활해서, 산 귀신과

죽지도 살지도 않은 영혼과 수백 년을 늙지 않고도 날마다 회춘하는 나무들과- 그 자손들의 뿌리가 넓은 강폭으로 뻗어간 땅 밑으로 대평원은 흐르고 흘러서…

보이지 않는 것을 보는 것은 물과 흙으로 다져진 시간의 내벽과 그 습곡에서 살다간 수많은 마음의 뿌리와 그 위로 흘렀을 구름의 후손까지를 한 족보로 엮어서 보는 일.

벼랑의 따개비가 파도에 쓸리기 직전까지 비손하던 먼 산상의 기도를 함께 듣는 일.

인간의 눈을 버릴 때, 세계는 얼마나 광활한가.

위험보다는 위대함에 가까운가.

위험한 집

박승민

걸을 때마다 바닥이 사라지는 집

어깨라도 부딪치면 허공부터 무너지는 집

인간 동작이 흉기의 발달사인 경우

'앞으로 가다'가 무용한 집

인간 숨소리만 겨우 건너는 집

거미와 들고양이와 올빼미들의 옛집

자기 근수를 지탱하는 풀들이 잠깐씩 살다가는 집

푸른 벽지를 울울창창 발라놓고 가는 집

인간의 기척만으로도 발 앞에서 무너져 내리는 집

진퇴양난의 인간이 뒷발로 돌아 나올 때

조금씩 환해지는 집

그 속으로 멈췄던 숲의 바람이 흘러들어

막 씻어낸 시간들이 탄생하는 집

박승민

경북 영주출생. 2007년 『내일을 여는 작가』로 작품 활동. 시집으로 『지붕의 등뼈』 『슬픔을 말리다』 『끝은 끝으로 이어진』이 있음. 〈박영근작품상〉 〈가톨릭문학상〉 신인상 〈작가정신문학상〉 수상

빛의 다큐

김미령

여러 명이 함께 걸어갔다. 점심을 먹으러 가고 있었다. 가다가 신발 끈이 풀려 잠시 엎드려 묶고 있었다. 다시 일어났을 때 일행이 보이지 않았다.

너무 오래 신발 끈을 묶고 있었나봐. 사람들 다리가 서로 엉겨 길이 잘 보이지 않았다. 엮인 나뭇가지들이 빈틈없이 하늘을 메우고 있었다. 내가 한쪽 무릎을 세우고 앉아 끈을 묶는 동안 등 위로 구름이 수없이 타넘고 자전거가 긴 자국을 내며 지나갔다.

그들이 다 지나가도록 내버려두었다.

여러 명이 함께 이쪽으로 걸어오고 있었다. 벌써 점심을 다 먹고 돌아오나 하고 보았는데 그들은 이제 막 일을 마치고 식당으로 가는 길이었다. 나는 배가 고프지 않았다. 너무 일찍 왔으니 신발 끈을 좀 더 묶고 있어도 좋을 것 같았다. 그들이 가까이 오면 그들과 합류해서 식당으로 가야지 하는데 그들은 나를 못보고 지나쳤다. 끈을 너무 당겨 맸는지 발이 조여 왔다. 조금씩 풀어 다시 묶으려면 아무래도 약속장소에 늦을 것 같았다.

긴 복도였다. 체육복 입은 아이들 여러 명이 걸어오고 있었다. 줄을 맞춰서 걸어왔는데 그중 한 명과 눈이 마주쳤다. 지나가면서 이쪽에 엎드려 끈을 매고 있던 나를 돌아보았다. 짧은 순간이었고 아이는 아무 말 없이 다시 친구들과 어울리며 걸어갔다. 신발 끈을 풀리지 않게 묶는 방법을 그 아이도 잘 모르는 것 같았다.

다시 점심시간. 운동화를 신지도 않았는데 나는 끈이 풀린 것 같은 착각이 들어 자꾸 멈칫거렸다. 다 함께 식당으로 가는 길이었고 나뭇가지 사이로 빛이 수없이 갈라지고 있었고 그것을 보는 동안에 나는 동료들을 자꾸 놓칠 것 같아 식은땀이 나려고 했다. 그들의 기억에 남아있는 나의 마지막 장면을 뚫고 지나가려고 정신을 차리고 성큼 뛰어갔다.

에버그린

김미령

나 이거 쓰고 있어볼까? 아님 이거 내리고 있어볼까? 그런 장난하던 아이 둘이 조금 있다 거기서 나왔다.

간판에 아무것도 쓰여 있지 않은 2층이었는데

내가 언젠가 거기서 나오면 빈손이 되어있다.

그때는 그게 무슨 의미인지 모르지만 누가 지나다 보고 먼저 알게 되면 이 거리는 더욱 조용해지겠지.

어느 모퉁이 뒤에서

우리 이거 끌고 갈까? 아님 그냥 둘까? 하다가 점점 다투는 소리가 들리고 나는 그게 무얼까 궁금했지만 그냥 지나가기로 한다.

내가 끌고 온 것은 그만큼 흉하지는 않았지만 그걸 여기 두고 가느니 좀 더 갖고 있어야겠다고.

어쩌면 다음번 올 때쯤엔 더 끔찍해져 있을지 모른다.

물 사러 가게를 찾아다니는데 그때 도로에 남아있던 마지막 물방울 하나가 떠오르고

길 건너 두 건물 사이 하늘빛이 바뀌고 있구나,

때마침 어디엔가 비눗방울 부는 아이도 있겠구나 싶어져서 집에 가려고 도로를 가로지를 때

끝없이 먹어대는 아들을 둔 엄마가 빌라 부엌의 쪽창으로 내려다보고 있었다.

가스레인지 위에 찌개가 끓어 넘치고 누런 벽지 위엔 빛바랜 달력이 걸려있는데

달력 안에는 거대한 나무 한 그루가 들판 한가운데 느리게 흔들리고 있었다.

김미령

2005 서울신문 신춘문예 등단

시집 『파도의 새로운 양상』, 『우리가 동시에 여기 있다는 소문』 발간

여는 기쁨

이기리

누가 나를 보며 웃지
멀리서부터 양팔을 흔들다가 과일 꾸러미를 한가득 끌어안고
선홍빛 잇몸이 살짝 드러나는 얼굴을 하며 이쪽으로 오고 있어
분명 모르는 사람이야 내가 알 수 없는 사람이야
이곳은 내가 살면서 한 번도 온 적이 없었던 곳이고
알 만한 사람들이 이곳에 살지 않는다는 것 또한 이유가 되겠지만
나는 누군가를 만나러 온 게 아니거든
깨끗한 눈빛을 건네고 꼭 껴안아줄 것처럼
점점 걸음에 속도를 내며 오고 있는 당신에게
나는 아무것도 줄 게 없고 바라는 일이 많은데

당신은 그동안 하지 못했던 말이 많아 보여
알아들을 수 없을 거야 모르는 얘기를 듣다 그만
고개를 저으면서 당신이 찾는 사람은 내가 아니에요,
당신은 지금 다른 사람을 만나러 가야 해요 그렇게 말하면서도
잡은 손은 놓을 때까지 놓지 않을 거야
빛과 함께
다채롭게 쌓인 과일들의 껍질이 반짝이지
당신은 내 옆에 바구니를 내려놓더니
뒤에 있는 품에 안겨서 펑펑 울지
하루에도 몇 번씩 웃으며 다가오는 사람들
여긴 모르는 벽이 너무 많아

병원

이기리

화분을 고르고 있다
어떤 것은 너무 크고 또 어떤 것은 너무 작아서
적당한 크기란 없나 아무리 둘러보아도
마음에 맞는 텃밭 하나 가꾸기란 얼마나 어려운 일인지

친구의 첫 독립을 기념하는 날
냉장고엔 벌써 술이 가득하고
혼자라는 게 아직 믿기진 않아, 친구가 액자를 만지며 말한다

야근하느라 늦게 온 친구까지 모이면
우리가 차린 맛있는 음식을 먹으며 와인을 곁들인다
제법 분위기 좋은 조명이 거실을 은은히 밝히고

한 폭의 숲을 담은 창문은 때때로 현실을 비현실적으로 만든다

옛날 노래가 흘러나오고
친구들도 옛날이야기를 한다
손끝으로 둥근 잔을 매만지며

우산이 없어 온종일 뛰어다녔던 여름의 길, 어느 죽음을 듣고 술병을 깨뜨린 일, 밤마다 울던 고양이가 등에 난 상처를 핥고 있어 붕대를 감아주었던 날, 읽다 만 시의 품으로 얼굴을 묻고 잠들었던 벤치, 울지 말라고 안아주었던 눈밭에서의 찬란……

우리가 다 살았던 이야기야
요즘은 어때? 하고 물으면

얼마 전에 헤어졌어 이해했다고 생각한 부분에서 배신을 당했고 달라도 너무 다르다는 점이 사랑을 비참하게 만들더라고

아직 이룬 게 없는데 아버지가 퇴사했어 무얼 먹고 살지, 누구에게나 빠져나올 구멍은 있다는데 그 구멍이 원래 이렇게 작은 거였어? 바라보기만 하는 중이야

유리가 죽었어 오랫동안 함께였어서 그런지 실감이 안 나 잠드는 모습으로 식었어 더는 체온이 느껴지지 않았지

미안, 이런 얘기하려고 모인 건 아닌데
이런 게 다 사는 얘기라면
우릴 살아가게 하는 이야기라면

새로 산 안경이 예쁘다고 말해주고
계절마다 모일 수 있었으면 좋겠다고
한마음을 기원하는 오늘을
현실에겐 비밀로 하자

바람이 열어둔 창을 자유롭게 드나들며
이름으로 물든 머리칼과 흩어진 꿈들과 일그러진 눈빛을 흔든다

그만 가봐야겠다
어질러진 거실을 뒤로하고
친구들이 신발을 신기 위해 몸을 숙이니
회벽에 비슷한 그림자들이 떨고 있다

햇빛 가득 물 가득이래, 이틀에 한 번

탁자의 색감과 잘 어울리는 제라늄을 건넨다

열심히 키워볼게

우리가 길 끝에 맺힌 짙은 어둠 속으로 다 사라질 때까지

친구는 창문 너머로 손을 흔든다

눈앞에 펼쳐져 있는 숲의 크기가 가늠되지 않는다

이기리
2020년 제39회 김수영 문학상을 수상하여 작품 활동을 시작했다. 시집 『그 웃음을 나도 좋아해』가 있다.

∮ 소설

하루의 성자

김가경

비가 오지 않았다면 나는 고양이 가죽을 뒤집어쓴 것 같은 줄무늬 남자와 마주치지 않았을 것이다. 헤어드라이기 수리를 마치고 슈퍼에서 모기향을 사서 나오던 길이었다. 갑자기 비가 쏟아져 어릴 때 버릇처럼 골목으로 뛰어들었다. 골목 입구에는 오래된 우물이 하나 있는데 도시의 중심을 알리는 표지석이 서 있었다. 봉쇄한 우물 주변은 동네 사람들이 유기한 식물들이 저절로 자라 작은 동산처럼 보였다. 그중에 수국은 어머니가 내다 버렸다. 아버지가 사거리 꽃집 주인과 오누이처럼 지내며 받아 온 거였다. 어린 수국은 쌀집 할머니 덕에 아름드리나무로 자랐다. 뒷물까지 온갖 구정물을 그곳에 가져다 부었던 것이다. 언제부터인가 씨앗을 퍼뜨려 우물 주변은 수국 천지가 되었다. 쌀집 할머니가 요양병원에 입원하고 이혼한 수자 누나가 돌아오면서 수국에 물을 대는 사람은 더 이상 없었다. 그게 지난봄이었으니, 이제 수국이 죽을 거라고 생각했다. 올해 활짝 핀 꽃을 보며 내가 식물에 대해 몰라도 너무 모른다는 생각이 들었다.

비는 그치지 않았고 줄무늬 남자는 확연히 눈에 띌 정도로 기이한 모습으로 우물곁을 서성거렸다. 후드점퍼의 모자를 조여 묶은 남자의 얼굴은 나이를 구분하기 힘들었다. 점퍼의 무늬는 고양이 쪽이 아니라 표범 쪽에 가까웠지만 몸은 참으로 안타까운 마음이 들 만큼 왜소했다. 사람의 얼굴이 아닌 배꼽쯤으로 시선을 떨구고 누군가 곁을 지나간다는 것도 알아채지 못한 채 천천히 우물을 돌아 수국나무 아래 앉아서 수국 잎을 뜯어 입으로 가져갔다. 나는 홀리듯 그 모습을 지켜보다가 전파상으로 돌아왔다. 어디서 본 사람이라는 생각이 들어 다시 수국나무 쪽을 내다보았다. 말이 사람이지 새끼 고양이 한 마리가 애처롭게 웅크리고 있는 것처럼 보였다. 안채에 들어가 젖은 옷을 갈아입고 다시 내다보았다. 어느새 비는 그쳤고 남자는 사라지고 없었다.

이곳이 도시의 중심이라고 하니 유별나게 생각하는 사람들이 종종 찾아들었다. 무언가의 중심을 찾아다니는 사람도 있었고 소원을 빌기 위한 젊은이들이나 풍수 연구를 한다며 수맥봉을 들고 드나드는 사람도 있었다. 남자는 그런 류의 사람은 아닌 것 같았다. 나는 도시의 중심지를 측량하는 과정을 중학교 과학 숙제를 하다가 지켜보았다. 사물의 소리를 듣고 느낌을 적어 가는 숙제였다. 어려서 우물에 빠진 적이 있는 나는 그날 평소대로 우물에 고개를 박고 아,아, 아,아 별별별,별 하고 소리를 질렀다. 그때 어디에서인가 소리가 들려왔다.

"야, 임마 중심 흔들린다!"

고개를 들어보니 측량사 중 한 명이 비실 웃으며 나를 쳐다보고 있었다. 지금 생각하면 측량사의 농담이었을지 몰라도 그게 기억에 남았다. 그들은 우물을 중심으로 삼각형을 그은 뒤 우물에서 전파상 쪽으로 아홉 걸음 기울어진 곳에 좌표를 찍고 깃발을 꽂았다. 하지만 며칠 뒤 파견 공무원은 인부들을 데려와 전파상에서 우물 쪽으로 다시 아홉 걸음 물러간 곳에 표지석을 세웠다. 아버지는 파견 공무원 옆에 서서 찍은 사진을 가게 벽에 걸어놓았다. 내가 본 바에 의하면 도시의 중심은 우물에서 아홉 발자국 기울어진, 수국나무 아래였다. 잠시 내린 비에 물 아지랑이가 올라왔다. 이런 날에는 모기가 유난히 더 많았다.

"혹시나 했는데, 오빠… 맞죠?"

모기향을 피워 가게 입구에 내놓는데 누군가 말을 걸어왔다. 한 여자가 마스크를 끼고 건조한 목소리로 물었다. 나도 턱밑의 마스크를 올려 끼고 그녀를 쳐다보았다. 그녀는 하얀 원피스를 입고 있었는데 왠지 모르게 병약한 느낌이 들었다. 눈만 보아서는 누구인지 알 수 없었다.

"몇 번 지나다니다 봤어요, 아직 전파상을 하고 있네."

나를 오빠라고 부를 사람이 달리 떠오르지 않아 해맑게 펴진 미간 사이만 멀뚱히 쳐다보았다.

"저예요, 미림이. 큰길가 사거리 꽃집."

긴 머리를 틀어 올린 그녀를 보다가 그제야 어딘가 낯이 익다는 생각이 들었다. 아버지와 오빠동생하며 지냈던 꽃집 여자의 딸이었다. 지금껏 서울에 살다가 얼마 전에 내려왔다고 했다. 모녀가 일찍 동네를 떠나 그들의 소식을 들은 적이 없었다. 몰라보았다고 뒤늦게 인사를 했다. 각별히 어울린 적은 없었지만 어렸을 때 몸이 바싹 야위어 늘 병을 달고 살았던 기억이 떠올랐다.

"몰라볼 만도 하지, 세월이 많이 흘렀잖아요."

그녀의 집은 우리 집처럼 아래층이 가게이고 2층이 가정집이었다. 얼마 안 되는 거리에 우리 집 쪽은 우물을 끼고 있는 오래된 주택가였고 그녀의 집은 도로를 끼고 있는 상업 지역이었다. 그들 모녀가 동네를 떠나고 꽃집 1층 가게는 수없이 업종을 달리하다가 지금은 커피체인점이 들어서 있다. 2층에 세든 사람이 나가고 게스트 하우스 용도로 수리를 했다고 들었다. 오빠동생하며 그 집에 드나드는 사람 중에 아버지는 전기를 봐준다, 전축을 봐준다 하며 수시로 드나들었다. 어머니의 잦은 투정 때문에 꽃집에 대해서는 나도 일종의 적개심을 갖고 있었다. 학교에서 그녀를 보면 이유도

없이 화가 난 얼굴로 쏘아보곤 했다. 그녀가 이사 가기 전, 우물 앞에서 마주쳤는데 나도 모르게 엄청난 욕설을 퍼붓고 말았다. 그녀는 그때 일을 아직 기억하고 있었다. 여태 살면서 그런 욕은 처음 들어보았다고 했다.

"좀 일찍 오지."

무안해진 나는 수국이 한창이었는데, 라고 말을 흐렸다. 보름 전만 해도 지나가는 사람이 걸음을 멈출 정도로 수국이 만개했었다. 그녀가 수국 주변을 돌며 식물들을 찬찬히 살폈다. 일본 유학을 다녀와 지금은 플로리스트가 되었다고 했다.

그때 수자 누나가 함바집 일을 마치고 집으로 돌아오고 있었다. 새벽에 일을 나가 늘 오후 무렵에 집으로 돌아왔다. 구구절절 이야기는 하지 않지만 이혼하고 몸만 겨우 빠져나와 쌀집 할머니 병원비를 혼자 벌어서 대고 있었다. 수자 누나에게 사거리 옛날 꽃집 아주머니 딸이라고 그녀를 소개했다. 수자 누나가 그녀를 빤히 보다가 기억이 나지 않는다고 했다. 그녀가 눈인사를 하자 고개를 돌리고 쌀가게 옆 쪽문으로 쏙 들어가 버렸다. 나는 그녀에게 수자 누나를 모르냐고 물었다.

"글쎄… 시간이 많이 흘렀잖아요."

모기향 연기가 바람을 타고 그녀 쪽으로 날아들었다.

"이 냄새도 까마득히 잊고 있었네. 어렸을 때 모기향 없으면 잠도 못 잤는데. 다들 옷에 탄내 풍기며 학교에 가고, 그랬잖아요, 우리."

그녀가 소중한 추억이라도 발견한 듯 우리라는 말을 써 가며 중심을 향해 타들어가는 모기향을 쳐다보았다. 적어도 그녀의 집만은 모기향을 피우지 않았을 것이다. 늘 샤프란 향기를 풍기며 나를 무안하게 했었다.

"어쩜 이렇게 동네가 그대로인지, 우물은 언제 저렇게 됐어요?"

나무로 뚜껑을 덮고 열쇠까지 채워진 우물을 보며 그녀가 물었다. 표지석을 다시 우물 쪽으로 옮기고 얼마 뒤 파견 공무원이 인부를 데려와 우물을 뚜껑으로 봉했다.

쌀집 할머니 말에 의하면 내가 우물에 빠졌을 때 삿갓을 쓰고 지나가던 젊은이가 작대기 하나로 신통력을 부려 나를 건져냈다고 한다. 내가 눈을 떴을 때 삿갓을 썼다는 젊은 남자는 사라지고 아버지와 어머니만 나를 내려다보고 있었다. 그때는 동네에 그런 사람이 종종 지나다니곤 했다니 부모님도 믿는 눈치였다.

쌀집 할머니와 어머니가 가게 앞에 앉아 멸치 똥을 떼어내며 세상에 약처럼 돌아다닌다는 사람들 이야기를 주고받곤 했다. 그 할머니의 할머니, 또 그 할머니의 할머니를 통해 전해 들었다면서도 직접 본 것처럼 이야기가 생생하게 오갔다.

"등치도 쪼매난데 우찌 그리 힘이 좋은지."

"어디 도술을 힘으로 쓰겠어요?"

우물에서 창기 형을 잃은 쌀집 할머니는 우물 쪽을 보며 깊은 한숨을 내쉬었다. 우물에 빠진 그날, 어떤 힘에서이건 나는 우물에 떠 있었고 하늘에서 별처럼 내려온 작대기 끝을 잡은 기억만은 어렴풋이 났다. 그 뒤로 나는 젖니가 빠지면 소원을 빌고 우물에 던져 넣었다. 우물에 떠 있는 별을 향해 소리를 지르면 잔물결이 일며 별이 움직였다. 아아아아. 별별별별. 아아아아. 그러면 아래에서도 아아아아, 별별별별, 아아아아 하고 창기 형이 대답을 해왔다. 수자 누나의 동생인 창기 형은 뇌성마비를 앓아 학교에 가지 않았다. 늘 바닥에 주저앉아 놀았는데 유난히 작은 몸을 이끌고 우물가로 기어가 우물 안에 돌을 던지곤 했다.

그녀가 향수에 젖은 듯 주변을 둘러보면서도 마스크를 더 끌어올려 쓰는 바람에 나도 마스크를 끌어올렸다. 가족이 여름휴가를 왔느냐고 내가 물었다.

"그냥 좀 쉬려고 내려왔어요."

추억도 별반 없이 살갑게 찾아올 동네는 아니었다. 그녀와 유별나게 어울리지도 않았는데 어렸을 때 기억이 자꾸 끌려 나왔다. 그녀의 가족은 고향도 아니고 친척 한 명 없는 동네를 떠들썩하게 해놓고 떠났었다. 중심을 측량하는 동안 파견 나와 있던 젊은 공무원과 그녀의 어머니가 눈이 맞았다는 소문이 돌고 얼마 뒤 그녀의 가족이 서울로 가버린 것이다. 긴 파마머리를 틀어 올려 핀을 꽂고 낭창하게 원피스에 앞치마까지 한 그녀의 엄마는 동네에서 가장 교양 있는 사람이었다. 꽃을 가꾸고 틈틈이 책을 읽으며 피아노를 쳤는데 무엇보다 서울 말씨가 더 그렇게 만들었다. 그녀는 동네가 변하지 않고 그대로 있어서 참 다행이라고 했다.

"여기 삼촌은 어디 가셨나 봐요?"

뒤늦게 그녀가 아버지의 안부를 물었다. 아버지는 지난해 봄, 쌀집 할머니가 입원해 있는 요양병원에 병문안을 갔다가 코로나 확진자가 되었다. 나는 음향회사 엔지니어로 출장 중이었고, 어머니는 다행히 음성이었다. 아버지는 완치가 되었어도 건강이 좋지 않아 전파상 문을 닫고 어머니의 고향인 창녕으로 옮겨갔다. 이후로 한동안 사람들은 전파상과 가급적 먼 길로 돌아서 다녔다.

그해 여름, 나는 휴가를 받아 늘 닫아놓았던 가게 문을 잠시 열어놓고 있었다. 여름에는 그쪽으로 바람이 시원하게 들어왔던 것이다. 휴가 마지막 날, 어려서부터 보아왔던 손님이 선풍기 한대를 들고 찾아왔다. 어느새 손님도 노인이 되어 있었고 눈에 익은 선풍기는 이십 년도 더 된, 파란색 날개가 달린 선풍기였다. 전파상 문이 내도록 닫혀 있어 서비스센터까지 선풍기를 들고 갔다가 헛걸음만 했다고 걱정을 했다. 서비스센터 직원이 전국 어디를 가도 부속이 없어 수리가 안 된다고 장담을 했다는 것이다. 아버지가 문을 닫아

고칠 사람이 없다고 하자 노인이 난감한 표정을 지었다. 그날은 여름 들어 가장 더운 날이었다. 선풍기를 들고 되돌아가는 노인을 나도 모르게 잡고 말았다.

뜯어보니 모터가 문제였다. 부속 상자를 뒤져 낡고 삭은 부품을 대체할 것을 찾았다. 아버지는 짬짬이 고물상을 돌며 부품을 수집해 녹이 슨 부속들을 사포로 문지르고 깎아내 쓸 수 있는 물건으로 만들었다. 어려서부터 아버지가 막노동판에 다니며 배운 기술은 전기뿐만 아니었다. 도장, 타일, 수도까지 기본은 다 해냈다. 전국에 대형 서비스센터가 생기고 난 뒤부터 아버지는 동네에서 소소하게 전기를 고쳐주며 가게를 꾸리는 쪽으로 옮겨갔다. 나는 어깨 넘어 보아온 그 덕에 집에서도 웬만큼은 고치며 자랐다.

"잘 고치네."

다섯 개의 푸른 날개가 쌩쌩 돌아가는 것을 무심히 보고 있던 노인이 마지막 의지처를 다녀가는 모습으로 이제 다시 오겠나, 라고 했다. 그 한마디 때문에 다니던 음향회사를 그만둔 것은 아니었다. 코로나 영향으로 공연이 줄줄이 취소되면서 1년 사이 회사가 어려워졌다. 술자리에서 부장님이 처자식이 없는 사람이 용기를 내 달라고 했다.

그녀가 봉쇄한 우물과 낡은 표지석을 휴대폰으로 찍은 뒤 자연스럽게 전파상 안으로 들어갔다.

"엄마가 그러는데 여기 삼촌이 일은 꼼꼼하게 제일 잘

하셨대요."

그녀가 해맑게 나를 쳐다보았다.

그들이 이사를 간 뒤 아버지는 그 집에서 수리 전화가 와도 한동안 출장을 잘 가지 않았다. 허탈함 탓인지 사거리를 다닐 때 뒷길로만 다녔다. 그녀는 수십 년간 때를 묻혀온 도구와 부속들을 휴대폰에 담으며 이런 빈티지 느낌이 나는 꽃가게를 열고 싶다고 했다. 부속은 낡은 것부터 근래 것까지 세월의 변천사처럼 아버지가 정리를 해 놓았다. 나는 꽃가게와 낡은 부속이 어떻게 어울릴지 그림이 그려지지 않았다. 그녀에게 이 동네에 꽃가게를 차릴 거냐고 묻자 그녀는 보고, 라고 답했다.

어디선가 백숙 냄새가 진하게 흘러나오고 있었다. 나는 슬쩍 마스크를 끌어내렸다. 수자 누나가 쟁반에 백숙과 캔맥주를 담아 들고 우물 쪽으로 걸어오고 있었다. 우물에서 어린 동생을 잃었는데도 늘 그 자리로 먹을 것을 들고 왔다. 수자 누나가 그녀를 발견하고 고개를 반쯤 틀었다.

"가시나 아직도 알짱거리네."

"누나 미림이 알지요, 사거리 꽃집에."

대답도 없이 우물 위에 쟁반을 내려놓았다. 인삼에 대추가 보기 좋게 올라가 있었다. 함바집에서 챙겨온 모양이었다. 백숙의 배를 가르는 수자 누나의 표정이 편치 않아 보였다. 어쩔 수 없이 우물가에 셋이 둘러앉았다. 나는 안채에 가서 그릇과 수저를 하나씩 더 가져왔다.

"오빠, 나는 괜찮은데…."

그녀가 몸을 슬쩍 빼며 손으로 마스크를 가렸다.

"누나도 알 텐데, 옛날에 미림이 예쁘다고 잘 데리고 다니고. 창기 형한테 노래도 불러줬잖아요."

자리가 어색할 것 같아 기억이 떠오르는 대로 옛날 일을 끄집어냈다. 수자 누나를 따라 서너 번 왔을 뿐인데도 마른 얼굴에 미간을 모으고 창기 형에게 노래를 불러주던 모습은 지금도 어렴풋이 기억이 났다. 바닥에 주저앉아 사지를 비틀던 창기 형이 그녀의 노래를 듣다가 그 자리에서 오줌을 싸고 말았다. 창기 형이 오줌이 흥건한 바닥을 짓이기며 그녀를 향해 다가가자 그녀의 얼굴이 새빨개지며 용을 쓰듯 이마와 미간에 주름이 심하게 졌다. 노래를 끝까지 불렀지만 그날 이후 아마 그녀는 우물가에 잘 오지 않았을 것이다.

한 쪽 닭다리를 뜯어내던 수자 누나가 팽개치듯 닭다리를 내려놓았다.

"가시나 안 먹을람 앉지를 말던가, 먹을라 카면 마스크를 벗던가. 어중간하게 걸터앉아가."

내가 민망할 정도로 소리가 높았다. 그러고는 작정한 듯 말을 내뱉기 시작했다.

"내가 쌀 됫박 심부름 가면 전축에 뭐에 음악 틀어 놓고, 여 삼촌은 전기 봐준다고 땀 삐질삐질 흘리며 난리고. 쌀값

떼먹고 간 집은 느그집뿐이다."

됫박 심부름을 다녔다면 누구보다 그녀의 집에 자주 드나든 사람은 수자 누나였을 것이다.

"쟈는 피아노 치고 있고, 쟈 엄마는 젊은 공무원한테 삼촌, 삼촌 콧소리 내사코. 그라고 거 삼촌이 머라캤노? 누님, 미림이 재들이랑 못 어울리게 해요, 병신 애 우물에 빠져 죽고, 위험한 동네예요."

그 일이 기억나는지 안 나는지, 그녀의 눈꺼풀이 마스크 쪽으로 슬그머니 내려가고 있었다. 나는 말리지도 못하고 닭다리만 들었다 놓았다. 수자 누나가 맥주 캔을 단숨에 들이켰다.

"가시나 어데 와서 오빠고 오빠가!"

그녀는 세월이 지나도 수자 누나의 억센 말을 알아듣고는 있는 것 같았다. 그녀가 급격히 풀이 죽자 엉뚱한 데 화풀이를 했다고 생각했는지 수자 누나의 화도 한풀 꺾였다. 몸을 좀 틀고 새침하게 앉아 있는 그녀의 빈 접시 위에 수자 누나가 닭다리 하나를 투박하게 올려놓았다. 그녀는 백숙을 좋아하지 않는다고 했다. 마스크 위로 손을 가져다 대자 수자 누나가 불쾌한 얼굴로 닭다리를 도로 가져갔다. 그때 그녀에게 전화가 걸려왔고 가구가 배달되어 온다며 집으로 돌아갔다.

"가시나, 또 인사도 안 하고 가뿌네. 근데 니 드라이기

고칠 줄 아나?"

어려서부터 연필깎이도 고쳐주고 고데기도 고쳐주었는데도 수자 누나는 늘 너 이거 고칠 줄 아나, 라고 물었다. 우물에서 잃은 어린 동생한테도 창기야, 니 이거 아나, 저거 아나, 하며 빗자루를 들어 보였다가 운동화를 들어 보였다가 했다. 어린 수자 누나가 창기 형의 방에서 요강을 들고 나오면 밤하늘에 별이 총총하게 떠 있었다.

"창기가 보면 좋아라 할 낀데."

고개를 잘 들지 못하는 창기 형에게 우물 안에도 별이 떠 있다고 알려준 것은 나였다.

창기 형은 유독 소리를 잘 들었다. 우물에서 퐁당 하고 길고 부드러운 소리가 올라오면 이를 드러내며 나를 보고 환하게 웃어 보였다. 별별별별, 하늘의 소리가 들려오는 거라고 생각하는 것 같았다. 나는 학교에서 돌아오면 창기 형처럼 바닥을 기어 다니며 우물에 던질 돌멩이를 주워 날랐다. 어느 날 밤, 이상한 소리가 들려 밖을 내다보니 창기 형이 우물 쪽으로 기어가고 있었다. 우물 기둥을 잡고 몸을 겨우 일으키더니 하늘을 올려다보려고 기를 쓰고 있었다. 창기 형이 하늘을 올려다보려면 기어가는 것보다 몇 배 더 힘을 써야 된다. 하늘 한 번 올려다보고, 우물 한 번 내려다보고 하다가 별별별별, 하고는 형 특유의 웃음을 기괴하게 내질렀다. 나는 그게 하늘의 별이 내는 소리일 거라고 생각했다.

우물을 덮고 있는 나무 판도 세월만큼 많이 삭아 있었다.

"그런데 수국은 물을 안 줘도 살까요?"

올해 활짝 핀 수국이 문득 떠올라 수자 누나에게 물었다.

"니는, 다 큰 알라 젖 주는 거 봤나?"

어찌 되었든 우물을 끼고 있으니 그쪽으로 살 길을 찾지 않았겠냐고 했다.

"누나 혹시 이 주변에서 이상한 사람 못 봤어요?"

그 사람이 수국 잎을 뜯어 먹고 있었다는 말을 하자 수자 누나 얼굴에 평소와 다른 기류가 잠시 스쳐 지나갔다.

"참 별난 사람이네."

"어디서 본 거는 같은데…."

도대체 모르겠다고 했다.

"니도 몸이 허한 갑다. 자꾸 헛게 보이구로."

수자 누나가 인삼을 얹은 죽을 듬뿍 퍼 내 앞으로 내밀었다. 수자 누나는 딱히 보았다, 안 보았다, 소리를 잘 하지 않았다. 다음에 만나거든 물어보라고 하고는 그릇을 챙겨 집으로 가버렸다.

나는 내친김에 목장갑을 끼고 부속들을 꺼내 점검을 한 뒤 2층으로 올라와 컴퓨터 앞에 앉았다. 그곳에서는 우물 쪽이 훤히 내려다보였다. 학교 다닐 때 밖이나 보며 해찰을 해서 성적이 안 나온다면서도 어머니는 책상의 위치를 한 번도 바꾸지 않았다. 나는 가전제품의 회로도를 검색했다. 수리를 하려면 전기를 알아야 되고 보이지 않는 전기를 알려면 회로도를 볼 줄 알아야 했다. 음향회사를 나오기 전까지도 꾸준히 해왔던 일이었다. 최근에 나온 가전제품까지 검색을 하다보면 시간이 훌쩍 갔다. 불을 끄려고 일어서다가 밖을 내다보았다. 이상하게 어렴풋한 불빛 아래에서 사물의 풍경이 눈에 더 잘 들어왔다. 수국나무 근처에 흰 물체 하나가 아른거렸다. 나는 창가 쪽으로 바싹 다가갔다.

흰 물체는 느린 움직임으로 우물 쪽으로 천천히 이동하고 있었다. 처음에는 누가 흰 비옷을 입고 운동을 하는 가 싶었다. 그러기에는 사람의 형체가 잡히지 않았다. 사방으로 뚫린 골목을 오르내리는 사람들을 오래 봐 왔지만 그런 기이한 자세는 처음이었다. 순간 동네 사람들이 오래토록 말해온 그 존재, 우물귀신인가 싶었다. 아래층 쪽을 눈으로 훑으며 가게 문을 잠갔는지 되짚다가 다시 밖을 내다보았다. 형체는 오간 데 없었다. 순간 사라졌다고 해야 하나, 계단 쪽을 살피다가 헛웃음을 웃고 말았다. 수자 누나가 보았다면 우물귀신이 계단 밟고 올라오는 것 보았느냐고 코웃음을 쳤을 것이다.

그때 누군가 전파상 문을 두드렸다. 지레 놀라 시계를 보았다. 새벽 2시였다. 2층에서 내려다보니 야구 모자를 눌러쓴 여자 한 명이 가게 앞에 서 있었다. 위에서 보아도 몸이 위축되어 있었다. 내려가 보니 미림이었다. 마스크를 끼고 있는데도 긴장한 표정이 역력했다. 사거리에서 여기까지 얼마 되지 않는 거리였지만 새벽에 여자 혼자 다닐 길은 아니었다. 코로나 이후 오가는 사람이 부쩍 줄어 저녁 무렵부터 지나다니는 사람들이 거의 없었다.

"미안해요, 오빠."

대뜸 그녀가 울먹였다. 이 시간에 무슨 일이냐고 물었다.

"집에… 전기가 안 들어와요."

휴대폰도 충전이 안 되어 걸어서 왔다는 것이다. 자다가 잠을 깬 게 문제였다고 했다. 불을 켰는데 불이 들어오지 않아 휴대폰을 열었는데 그것도 충전이 안 되어 있었다고 했다. 잠을 자는 사이 차단기가 내려간 모양이었다.

"좀 기다렸다가 날이 밝으면 사람을 부르지. 나는 아직…."

"너무 무서워서요. 휴대폰 배터리도 나가고, 새벽에 누구 아는 사람이 있어야지."

문단속을 다시 하고 깜깜한 천장을 보며 한 시간을 견디는데 문득 내 생각이 났다고 했다. 큰길 가로등을 따라 겨우 왔다고 했다. 나는 손전등과 테스터기 등 몇 가지 도구를 챙겼다. 그녀를 앞세워 사거리 쪽으로 걸음을 옮기다가, 혹시 누군가 마주치지 않았냐고 물었다. 그녀는 내 곁에 붙으며 겁먹은 목소리로 이 새벽에 누가 또 왔느냐고 물었다. 나는 설명할 길이 없어 뒤만 자꾸 돌아보았다. 그럴 때마다 그녀가 내 곁으로 바싹 붙어섰다.

고등학교 때부터 아버지를 따라 웬만한 집은 다 다녀보았다. 그녀의 집은 처음이었다. 카페 옆 계단을 겨우 찾아 올라가 문에 손전등을 비추자 그녀가 몸으로 슬쩍 가려가며 비밀번호를 눌렀다. 현관문을 열자 암흑천지가 따로 없었다. 도로 곁인데도 불빛 하나 흘러들지 않았다. 거실로 들어가니 이유가 있었다. 창문마다 암막커튼을 다 쳐놓았던 것이다. 밖이 너무 밝아서 쳤다고 하는데 종일 그러고 있는 모양이었다. 실내 전등의 조도에 의지하고 있는지 실내등이 유난히 많았다. 차단기가 어디 있느냐고 묻자 그녀가 차단기가 뭐냐고 다시 물었다.

나는 입구 벽면을 손전등으로 비추며 차단기를 찾았다. 차단기는 왼쪽 벽면에 붙어 있었다. 사거리 쪽 건물의 외관은 주인이 바뀔 때마다 리모델링을 해 멀쩡해 보여도 안은 수십 년 그대로인 건물이 많았다. 전기 누전 사고가 자주 일어났다. 집의 구조를 꾸준하게 보아온 사람이 아니라면 쉽게 문제를 찾기 어려웠다. 일반 주택과 달리 여러 세대가 얽혀 있으면 그게 더 심했다. 차단기 문제는 아닌 것 같았다. 손전등을 비추어 가며 실내를 살펴보니 그냥 쉬려고 온 살림은 아니었다. 방 한쪽에 놓인 노트북 옆으로 식물 관련 책들이 몇 권 나와 있었고 그 위에 작은 수첩이 펼쳐져 있었다. 나도 모르게 손전등을 가까이 가져다 댔다. 그녀의 산모수첩이었다. 임신을 한 그녀가 어쩌다 혼자 이곳으로 돌아왔는지 모를 일이었다. 밖에서 그녀의 인기척이 나는 바람에 나는 손전등의 위치를 다른 쪽으로 옮겼다.

꼼꼼하게 살펴보아도 물이 샌 흔적도, 특별하게 탈이 날 만큼 가전제품의 전기 용량이 큰 것도 없었다. 여기까지 하면 대부분 차단기가 내려가는 이유가 나왔다. 그다음 단계는 아버지에게 말로 들었던 변수의 세계였다. 실내가 습한 경우에 콘센트나 등기구로 수분이 침투하여 누전이 될 수 있는데 이 경우 전문가라도 잘 찾기 힘들다고 했다. 전 단계에서 대부분 해결이 되어 변수의 상황을 잘 경험하지 않기 때문이었다. 이런 경우라면 나도 별다른 방법이 없었다.

나는 땀이 뒤범벅 된 채 현관 입구에 걸터앉아 있었다.

"안 되겠다."

공구를 내려놓고 날이 더 밝아지면 집수리를 한 사람을 부르는 게 좋겠다고 했다.

"일요일인데 와줄까요?"

그녀도 지친 것 같았다. 하는 수 없이 날이 밝으면 다시 오겠다고 하고 일어서려는데 그녀가 나를 잡았다.

"오빠, 그냥 가면 어떡해요? 불이라도 나면 나 혼자 어쩌라구?"

그녀가 아이처럼 울먹거렸다. 차단기가 내려간 이상 별문제 없을 거라고 이야기를 해도 그녀는 그 간단한 이치를 알아듣지 못했다. 그때 그녀가 오빠 집으로 가면 안 되느냐고 물었다. 그녀가 어둠속에서 손전등을 비추어 가며 기어이 충전기를 찾아냈다.

이른 새벽, 참으로 난감하게 그녀와 나는 전파상 입구에 모기향을 피워놓고 우물 쪽을 바라보고 앉았다. 가게에 충전기를 꽂아 배터리가 찰 때까지 기다리기로 한 것이다. 내심 그녀를 따라 갈 때에는 차단기와 콘센트를 몇 번 훑어보면 문제가 되는 지점을 찾을 줄 알았다. 뭐라도 만회를 해보려 집을 고치며 전기선을 너무 많이 설치한 모양이라고 했다. 그 과정에 탈이 난 것 같다고 어설프게 진단을 하고는 날이 밝으면 다시 가보겠다고 했다.

그때 수자 누나가 가게 옆에 딸린 쪽문을 잠그고 우물 쪽으로 걸어왔다. 다른 날보다 이른 시간이었다.

"일하러 가나 봐요."

먼저 아는 척을 했다. 새벽 기도를 간다고 했다. 그녀와 나를 번갈아 쳐다보며 이 시간에 뭐하느냐고 묻기에 전후사정을 이야기했다.

"니는 인사도 할 줄도 모르나?"

수자 누나가 또 한마디 했다. 그녀가 들릴 듯 말 듯 한 목소리로 안녕하세요, 라고 했다.

"여는 다시 안 올 줄 알았드만."

전날 쏘아붙인 일이 걸렸던 모양이었다. 그녀의 눈꺼풀

이 마스크 위로 떨어졌다. 내가 쌀집 할머니 안부를 묻자 한숨을 크게 내쉬었다.

"야, 이년아 했다가, 제가요, 했다가, 소녀처럼 웃었다가 애처럼 울었다가, 내 손을 잡고 창기야, 하는데, 내도 미치뿌겠다."

쌀을 자꾸 찾아서 봉지에 담아 갔는데, 침대 위에서 눈가루처럼 뿌리는 바람에 쌀만 줍다가 온 이야기를 했다.

"손가락이 구버가 잘 주와지지도 않더구만. 할매 그날 밤 새도 일 몬끝냈을 끼다. 쓸어 담지도 몬하게 하고. 내도 손이 커가 한 되만 가가도 될 낀데 세 되나 퍼 가쓰이."

쌀장사를 하면서 바닥에 떨어진 쌀을 줍던 버릇이 있어서라고 했다. 됫박으로 팔다 보니 덤에서 흘러내리는 쌀이 많았다고 했다. 당분간 코로나가 심해 면회는 못 간다고 했다.

"누나, 새벽에 혹시 우물 근처에서 이상한 사람 못 봤어요?"

나는 흰 비옷 같은 것을 입고 기어다니는 이상한 형체에 대해 물었다.

"우물귀신이겠지."

수자 누나가 능청스럽게 한 마디 툭 내뱉고는 기도 시간에 늦겠다며 뒤돌아설 때였다.

"어렸을 때 이 동네에 그런 이상한 사람들 많았잖아요.

오빠도 아시죠, 엄마가 그런 거 못 견뎌 한다는 거. 내가 동네 이야기를 하면 세상이 꽃처럼 아름다웠으면 좋겠다고 늘 그러셨는데….”

수자 누나가 기어이 몸을 다시 돌렸다.

“미림이 니는 참 좋겠다. 그런 엄마랑 살아서. 근데 우짜노. 미친 사람도 있고 우물귀신도 있고, 풀 뜯어 먹는 사람도 있스이. 이 동네는 그래 아름다운 동네가 아인데.”

나는 수자 누나 입에서 아름다운이라는 말이 나오는 것을 처음 들었다. 그 네 음절에 모든 힘을 다 쏟아 부은 것처럼 또박또박 우물가에 울려 퍼졌다.

“두 분은 잘 사시지?”

예전 일을 떠올리다가 눈치 없이 젊은 공무원을 묶어 안부를 묻고 말았다. 그녀가 어두운 표정으로 우물가로 갔다. 우물 주변을 천천히 돌다가 한 번도 우물 안을 들여다본 적이 없다고 말길을 돌렸다. 그러면서 우물이 깊으냐고 물었다. 어려서 빠졌을 때는 그랬는데 우물 뚜껑을 덮기 전까지 본 우물은 깊지도 얕지도 않은 것 같았다.

“잘 가꾼 것 같아요.”

인사치레인지 수자 누나의 심경을 거슬리지 않으려는 것인지 그녀가 식물들을 보며 한마디씩 말을 해 나갔다.

“누집처럼 할랑하게 가지치기 하고 다듬고 할 사람이 이 동네 누가 있노. 저절로 퍼진 거지.”

수자 누나가 또 쏘아붙였다.

집에서 키우기엔 그렇고 생명이 붙어 있어 버리기도 그런, 우여곡절이 있는 식물들을 은근슬쩍 우물가에 내다 놓는 모습을 2층에서 종종 지켜보았다. 나중에라도 그들은 자신들이 내다 버린 식물 쪽으로 늘 지나다녔다. 나는 조금 일찍 왔더라면 꽃들이 흐드러진 풍경을 볼 수 있었을 것이라고 말했다. 꽃과 함께 자랐을 그녀가 위안을 받으리라고 생각한 것은 아니었다.

"이상하네."

지고 있는 수국나무 아래서 그녀가 걸음을 멈추고 혼잣말로 중얼거렸다.

"수국 말이에요."

그녀가 고개를 갸웃거리며 꽃과 잎을 살폈다. 수자 누나와 나도 그쪽으로 시선을 멈추었다.

"수국은 꽃이 화려하고 예뻐도 암술과 수술이 없는 헛꽃이에요."

산수국과 달리 씨가 없다고 했다. 일본에서 처음 품종개량을 시작했는데 오랜 세월 꽃을 키우며 교배를 시키다 보니 생식기능이 사라졌다는 것이다.

"미림이 너는 좋겠다. 아는 게 많아가."

수자 누나는 홀린 듯 미림이 말을 되받으며 새벽기도 시간을 지나고 있었다. 전날처럼 가시가 돋지는 않았지만 빈정

거리는 투는 여전했다.

"모종을 옮겨 심은 게 아니라면 어떻게 이렇게 퍼질 수가 있을까요?"

그녀가 우리를 향해 물었다.

"내가 우째 아노?"

얼떨결에 대답을 한 사람은 수자 누나였다. 나도 해마다 피고 지기에 그러려니 하고 보아왔었다. 해맑게 펴져 있었던 그녀의 미간 주변으로 주름이 모아졌다. 무언가 새로운 상황을 맞닥뜨렸을 때 미간을 모으는 버릇은 여전했다. 창기형 앞에서 노래를 부를 때처럼 내가 갖은 욕설을 퍼부었을 때도 그랬다. 내가 욕설을 멈춘 것은 그녀의 미간 사이에 잡힌 주름 때문이었다. 얼굴이 망가질 정도로 심하게 진 주름을 보니 쥐고 있던 주먹이 나도 모르게 풀리는 거였다.

어느새 하늘 언저리에 붉은 빛이 올라오고 있었다.

"이제 어떻게 하지…."

그녀가 초조한 듯 혼잣말로 중얼거렸다. 그때 종소리가 은은하게 들려왔다. 수자 누나가 뒤늦게 어딘가를 향해 두 손을 모았다. 변수의 세계에 또 다른 변수가 생길 수 있다고 귀띔을 해 준 것은 아버지였다. 벽속으로 타고 들든, 저절로 사라지든, 습기가 제풀에 수그러지면 차단기를 올려도 내려가지 않는다고 했다.

어둠이 조금씩 물러가며 우물 주변이 서서히 밝아져 왔

다. 그때 우물곁에서 무언가가 움직였다. 그녀가 맴돌던 자리였다. 그녀가 보지 못했을 리가 없는데 이상한 노릇이었다. 거기 웅크리고 있었는지 물체는 일어서지도 쭈그려 앉지도 않은, 애초 허리가 굽어 있는 것처럼 등을 말고 있었다. 그 물체가 천천히 허리를 펴기 시작했다. 새벽에 보았던 흰 물체 같기도 하고 비오는 날 보았던 줄무늬 남자 같기도 했다. 분명히 어디선가 본 것 같은데 기억이 나지 않았다. 그가 수국나무 아래로 천천히 걸음을 옮겼다. 잡풀이 무성한 수국나무 아래 조용히 앉아 가부좌를 틀었다.

김가경

2009년 부산일보 신춘문예에 「보리수 여인숙」이, 2012년 서울신문 신춘문예에 「홍루」가 당선되며 작품 활동을 시작했다. 소설집으로 『몰리모를 부는 화요일』, 『배리어 열도의 기원』이 있다.

X 현장-비평

해양문학 장르 발생론

구모룡

부산은 한국 해양문학의 메카다. 이 글은 이 명제-해양문학 장르 발생론을 설명하기 위하여 쓰였다. 먼저 해양문학의 개념적 정의를 하는 게 순서인데, 그동안 이어진 모호함에서 벗어나기 위함이다. 해양문학(maritime literature)은 기본적으로 대양(ocean)과 항해(navigation)를 요건으로 하며 해양 경제(maritime economy)의 토대 위에 있다. 어업과 상업의 선상 경험을 바탕으로 삼아 문학적 장치를 활용하면서 생산한다. 항해는 당연한 서사의 골격이고 항해에 관한 지식, 선상 크로노토프, 바다 여행, 선원의 일과 하위문화, 해항도시(seaport city) 간의 문화교섭(cultural interactions), 서로 다른 종족 간의 문화접변(acculturation), 선상 혹은 해항도시의 다문화(multiculture), 혼종화(hybridity), 해항도시 네트워크, 디아스포라와 해외 이주 등을 맥락 속에 포함한다. 이러한 까닭에 해양문학은 경험의 지위가 높고 내용의 폭이 매우 넓다. 작가의 공부 여하에 따라서 문학적 성취의 가능성은 늘 열려 있다.

그렇다면 부산이 왜 해양문학의 메카인가? 이러한 질문에 답하기 위하여 약간의 우회가 필요하다. 무엇보다 먼저 세계문학의 차원에서 해양문학의 발생론적인 구조를 알아야 한다. 칼 슈미트가 말한 '대양적 전환'(oceanic turn)과 더불어 진행된 해양 근대성(maritime modernity)을 살펴야 한다. 세계사를 땅과 바다의 투쟁(베헤모스와 리바이어던의 싸움)으로 설명하는 그는 지중해에서 대서양시대로 나아가는 데서 땅에서 바다로의 원소적 전환을 확인한다. 여기서 우리는 하천, 연안, 해양, 세계 해양으로 전개해온 인류의 활동을 주목한다. 당연히 선박의 형태도 노 젓는 배(갤리선), 범선, 증기선 등으로 발전한다. 서구의 관점에서 지중해에서 나와서 대서양과 태평양으로 전개하는 전지구적 차원의 공간 혁명이 이루어지는데 아시아의 관점에서 이는 남중국해와 해상 실크로드와의 접속으로 이해된다. 이로써 바다의 관점에서 대양적 실존이 형성되었으며, 해양문학의 발생은 이러한 시기와 맞물린다.

스페인의 세르반테스(1547. 9. 29-1616. 4. 23)는 유태인 출신으로 레판토 해전에 참전하여 왼팔을 잃고 해적에게 납치되어 구금에서 몸값을 주고 풀려나기도 하였으나 신분적 처지 때문에 생계를 위한 글쓰기를 하였다. 해양 경험보다 직면한 스페인 사회를 풍자하는 데 더 치중하였다. 포르투갈의 루이스 바스 드 까몽이스(1524-1580. 6. 10)는 서사시인으로 국가 해양을 찬양했다. 하지만 이들보다 더 해양에 적극적인 이는 영국의 셰익스피어(1564. 4. 26-1616. 4. 23)이다. 그는 무역업자와 탐험가를 연구하고 버지니아 회사에 투자하며 무역업자의 후원을 받기도 하였다. 플리머스에서 신대륙 버지니아로 가다 허리케인을 만나 버뮤다 제도에서 거대한 암초 사이에 파선한 씨벤처호 사건(1609)의 기록을 「폭풍」을 쓰면서 참고했다. 어쩌면 서구 해양문학의 전통은 셰익스피어부터라고 할 수 있겠다. 허먼 멜빌과 조지프 콘래드는 주된 참조 대상으로 셰익스피어를 삼았다. 물론 본격적인 출발은 다니엘 디포우(1660-1731)의 『로빈슨 크루소』(1719)이다. 이로부터 서구 근대문학이 시작되고(밀란 쿤데라처럼 세르반테스의 『돈키호테』를 앞세우는 흐름도 있다) 해양 근대성이 문학사적 중심에 놓인다. 20세기에 이르러 『로빈슨 크루소』는 윌리엄 골딩의 『파리 대왕』(1954)이나 미셸 투르니에의 『방드르디, 태평양의 끝』(1967)으로 패러디된다. 그만큼 18세기 발흥기의 해양문학과의 편차를 보여준다. 네덜란드 해양화(marine picture)나 장르화가 그러하고 이언 와트가 지적하듯이 발흥의 시기에 나타나는 문화는 사실주의이다. 경험 사실을 제대로 전달하려는 의지의 표출이 강하기 때문이다. 이러한 해양문학의 사실주의는 허먼 멜빌(1819-1891)에 이르러 정점에 이른다. 멜빌은 뉴욕 태생으로 유복한 어린 시절을 보내지만 1832년 아버지가 사업 실패한 후에 사망해 은행원, 점원, 교사, 상선의 사환 등 여러 직업을 전전한다. 1841년 포경선 선원으로 항해를 떠나 선장의 폭압과 강도 높은 노동 탓에 이듬해 탈주하여 타히티섬을 비롯한 폴리네시아의 여러 섬에서 생활한다. 1843년 미 해군에 입대했고 제대 후 자신의 경험을 바탕으로 한 첫 장편소설 『타이피』를 집필하며 1846년과 1847년에 출간한 『타이피』와 『오무』로 모험 작가로서의 명성과 인기를 얻는다. 1850년 그의 문학적 여정의 동반자인 너새니얼 호손을 만났고, 이듬해 출간한 여섯 번째 장편소설 『모비딕』을 그에게 헌정하였다. 당시 생소한 형식과 신성모독적 서술 탓에 혹평을 받으면서 영국과 미국에서 주목을 받지 못한다. 1860년부터는 시작에 매진하지만 더는 작가적 명성을 누리지 못하다 「선원, 빌리버드」를 미완으로 남긴 채 1891년 심장발작으로 사망한다. 이처럼 멜빌의 간략한 연보가 말하듯이 몇 년에 걸친 포경선 경험이 그의 해양문학의 바탕이다. 『모비딕』은 1차 세계대전 이후에 다시 발견된 이후로 세계 해양문학의 전범으로 여전히 우뚝하다. D. H. 로런스는 "지금껏 쓰인 가장 위대한 해양소설"이라 하였고 W. 포크너는 "손을 내려놓자마자 내가 썼더라면 좋았을 걸 하고 생각한 책"이라고 하였다. E. 헤밍웨이는 "넘지 못한 유일한 작가"라고 칭송한다. 노벨 문학상을 받은 밥 딜런도 "가장 지속적인 영향을 끼친 두 작품(찰스 디킨스 『두 도시 이야기』와 더불어) 가운데 하나"라고 했다. 오늘날까지 『모비딕』은 해양문학의 가장 높은 봉우리임에 틀림이 없다.

지난 2019년은 허먼 멜빌 탄생 200주년이다. 세계적으로 그를 되새기는 사업을 전개하였다. 한국에서도 새 번역본 『모비 딕』(문학동네, 황유원 역)을 발간하였는데, 따로 록웰 켄트의 삽화가 들어간 번역본(문학동네, 황유원 역)도 내었다. 아울러 크리스토프 샤부테 각색 만화 번역본(문학동네, 이현희 역)을 발간하였다. 이 책은 에이허브 선장과 스타벅 일등항해사의 관계 중심으로 서술하고 있다. 이와 더불어 패트릭 네스(글)/로비나 카이(그림)(김지연 역), 『바다는 우리의 하늘이었다』(지학사 아르볼)를 또한 주목한다. 고래와 인간의 대결을 다루되 인간을 사냥하는 고래들을 그림으로써 『모비딕』을 뒤집어 패러디하고 있다. 서두의 이슈미얼(인간)("Call me Ishmael")은 밧세바(고래)("Call me Bathsheba")로 바뀌어 서술된다. 앞서 말한 『로빈슨 크루소』와 『방드르디, 태평양의 끝』(미셸 투르니에)의 관계와 유사한 방식이다. 무엇보다 『모비딕』의 창작과정(포경선 에식스호의 비극)을 넌픽션으로 그린 너새니얼 필브릭의 *In the Heart of the Sea*를 주목하지 않을 수 없다(『바다 한 가운데서』로 번역되고 〈허트 오브 씨〉로 영화화됨). 더불어 그의 『사악한 책, 모비 딕(Why Read Moby-Dick)』(홍한별 역, 저녁의 책, 2017)은 『모비 딕』에 대한 좋은 해설서로 읽힌다.

해양문학의 발생론적 구조는 '해양 체험+해양 견문과 지식+허구적 상상력+작가의 세계관'이라고 할 수 있겠다. 물론 해양 근대성이나 해양 자본주의는 기본 전제조건이다. 다니엘 디포우의 『로빈슨 크루소』(1719)는 동인도회사와 남해회사를 경영하던 영국 팽창 시기의 산물로 문명화와 제국주의적 비전을 담아낸다. 허먼 멜빌의 『모비 딕』(1851)은 석유 발견 이전의 자본주의 사회와 미국의 팽창과 내적 모순(내전의 전야)을 텍스트 내부로 수용한다. 조지프 콘래드(1857-1924)는 영국 패권 해체기로 이어지는 시기이자 범선에서 증기선으로 산업화가 전환되는 시대의 해양문학을 주도한다. 여기서 조지프 콘래드의 중요한 명제가 발생한다. "해양문학은 범선 시대의 문학이다." 영국 런던에서 호주와 동남아를 오가는 상선을 탄 조지프 콘래드의 경험적 발화이다. 이 명제는 두 가지 문제를 파생한다. 1) 범선과 달리 동력선이 등장하면서 해양문학이 약화한다. 이는 오늘날 첨단 자동화 선박에서 해양문학이 발생할 수 없는 사정과 이어진다. 2) 조지프 콘래드는 상선과 어선의 차이를 간과하였다. 어선은 여전히 해양문학의 중심 무대로 남는다. 3) 작가의 체험과 세계관의 문제가 중요하다. 경험 서사에 머물지 않아야 한다. 4) 첨단 자동화 선박 시대의 해양문학, 기후 위기와 해양오염 등을 부가하여 21세기 해양문학을 논의해야 한다. 이처럼 조지프 콘래드가 던진 명제는 해양문학의 문맥을 새롭게 하는 계기로 인식될 수 있다. 20세기 해양문학으로 어니스트 헤밍웨이(1899-1961)의 『노인과 바다』(1952)를 들 수 있다. 하지만 이 작품은 헤밍웨이의 특이한 체험(쿠바 코히마르에서의 낚시 생활)과 노년 의식을 담는다. 해양문학임과 동시에 노년을 다룬 소설이다.

여기서 세계 해양문학과 연관한 세 가지 쟁점을 생각한다. 1) 해양문학과 오리엔탈리즘-해양문학은 서구중심주의의 표상인가? 호머의 『오디세이아』는 지중해를 중심으로 전개한 해양 서사이다. 지중해를 연안에 가깝게 인식하고 대양적 전환의 해양 근대성을 담보한 대서양/태평양을 강조한 칼 슈미트에 기댈 때 이는 본격 해양문학이 못 된다. 7세기부터 13세기까지 이슬람이 해상 실크로드를 경영한 사실을 상기할 수도 있다. 『천일야화』 속의 '신드바드의 모험'은 아시아의 해양문학이라 하겠다. 명나라 정화의 7차에 걸친 대원정(1405-1433)은 콜럼버스의 항해(1492)보다 훨씬 앞선다. 개빈 멘지스의 『1421』과 『1434』를 참조할 수 있다. 대항해시대는 서구와 아시아의 '위대한 만남'(1500-1800)으로 이어졌다. 실제로 서구와 아시아의 균형이 기운 시기는 아편전쟁(1842) 이후이다. 하지만 에드워드 사이드가 말했듯이 해양문학에서 오리엔탈리즘은 피할 수 없는 일이다. 2) 범선과 증기선, 어선과 상선의 해양문학 차원의 지속 가능성-20세기 해양문학의 주요 무대는 어선이다. 앞에서 말한 조지프 콘래드의 명제는 "해양문학의 중심 무대는 어선이다"라고 바뀌어야 한다. 3) 허먼 멜빌과 『모비 딕』의 위상-해양문학의 전범은 헤밍웨이의 『노인과 바다』가 아니며 허먼 멜빌의 『모비 딕』이다. 이처럼 세 가지 쟁점은 오늘날에도 유효하다.

이제 한국 해양문학의 발생론을 생각하자. 한국의 근대는 불행하게도 해양 세력을 등에 업은 유사 해양 국가인 일본의 식민지로 시작한다. 최남선이 자유 대양을 강조하였으나 식민지 조선의 해양 전망은 '현해탄'을 벗어나지 못한다. '관부연락선'이 주요 무대일 수밖에 없다. 염상섭의 「만세전」은 해양소설이 아니지만, 선상 크로노토프가 잘 드러난다. 정지용의 「선취」가 '해양시'(maritime poem)에 육박하나 대양으로 나아간 경험은 아니다. 1945년 해방은 해양의 해방이다. 박인환이 미국계 상선회사인 '대한해운공사' 사무장으로 '남해호'를 타고 태평양으로 출항한 날은 1955년 3월 5일이다. 그는 「태평양에서」를 위시한 해양시를 10여 편 남겼다. 최초의 원양어선 지남호가 출항한 해는 1957년 6월이다. 이로써 대양으로 항해가 시작되었다. 이어진 근대화는 김진현의 주장처럼 달리 '해양화'이다. 한국의 본격적인 해양문학사는 60, 70년대에 시작된다. 어선을 탄 천금성의 '해양소설'(maritime novel)과 상선을 탄 김성식의 해양시가 본격적으로 출현한다. 원양어업사와 해운사에 대한 미시사적 접근은 여전히 부족하다. 해기사협회의 월간 『해기』(1966. 8-현재)는 법과 제도, 해양기술, 해양산업, 선박 운항, 대양, 항구, 선원 소식 등 현대 해양의 전반적인 흐름을 이해하게 하는 자료임을 알 수 있다.

여기서 월간 『해기』에 소개된 해양문학을 살펴볼 수 있다. 우선 대강의 목록을 제시한다. M. Arnold, 「Dover Beach」(1호), J. Masefield, 「Sea Fever」(6호), 박성애, 「좌상」(7호, 해양시에 못 미치지만, 선원 가족의 시), S. J. H, 「바다에의 찬가」(8호)(푸르름이 한태 엉켜 태산이 될지라도 나는 도라가야겠네/수억년을 두고 변함없는 백파 부디치는 진주의 나라/낙망(樂望)의 노래가 넘치는 곳으로 나는 도라가야겠네//계절마다 마련된 인생의 제전처럼/구리빛 얼굴들엔 두려움이 보이지 않는다/젊음에 약동하는 뇌우같은 기함(起陷)이 있을 뿐이다/청자빛 저무는 해원을 쉬지 않고 달리노라면/선배들의 한결같은 지침이 바다에 가득하려니/비록 노도에 지쳐 흔들리는 뱃전이 있을망정/지도에 얽히고 땀으로 이룩된 수기(水氣)어린 마음은/웃음지며 낙망(樂望)의 노래 끝없이 불려지러니//어스름 등화심지에 넘쳐 감도는 화정(火情)에/밤 새워 듣고 읽는 기쁨 그지 없으리니/끝내 심원의 나라 마음바쳐 뉘우침없을 세계/피와 땀과 힘을 아낌없이 바칠 수 있는 곳에/후르름이 흩어져 재가 될지라도 나는 도라가야겠네) 최호연, 「고백」(10호, 해양시 아님), S. J. H, 「바다의 염원」(12호), 손명자, 「소라」(13호), 송용무, 「대양 위에 더있는 푸른 진주」(수필, 16호), 아스투리아스(*과테말라의 시인 미겔 아스투리아스), 「항구」(20호), 작자 미상, 「해변에 서서」(21호), 김춘방, 「영지시초」(22호), 김정길(*범양전용선주식회사 엔젤파크호 3기사), 「메아리는 지금도」(26호)(태양도 잠이 든/깊은 밤줄을 뚫고/뿌리의 삭이 스큐류를 고동시켰다//보슬비 내리는 고독한 등대/불태웠던 연인의 아픈 마음인양/태우는 듯 녹아내리는 갈증/별리는 그토록!/빠알갛고 푸르렀던 미련지우듯//한줄기 희망만은 간직하고서/무한의 항해는 시작되었다//어느날 새하얀 초록빛/향기인양 맑은 정기/신선한 새아침의/한아름 상봉이 시작되기까지는/아프리카에로의 의지는/희망봉을 돌아/콜러버스 후예는 파도를 헤친다//야무진 예지의 메아리/한줌씩 부리면서/지금도……/메아리는 지금도——) 공대천, 「밤0시 그 떨어진 시간」(29호), 작자 미상, 「PASANG-GEL」(30호), 작자 미상, 「비바람 속에서」(31호), 이정길(오리엔탈 스타 2기사), 「기적」(32호)(꿈은 언제나 현해탄을 지난다//밤마다 기구의 뒤안에서/전설처럼 열리는/귀향의 여로//갈매기도 낯설은/이방의 해협에서/망향의 깃발을 흔들어 흔들어/유형된 청춘을 울렸다//눈을 들면/선창 너머로/동지나해의 항로가/부침하는 바다!//아-아 언젠가/해후가 끝난 항구에서/붉은 눈망울로 돌아선/여인의 어깨 너머로/비등하던 바다!//소리처 소리처/너를 부르며/비정한 청춘의 유형지에서/나/영원한/에뜨랑제는/향수의 해벽을 오르고 있다), 강원길, 「스쿠류」(33호, POPEYE호 3기사), 김정남 생환수기 「표류」(34호-37호) 서사의 가능성, S. J. H, 「체념의 변」(34호), 공장영, 「바다」(37호. 영덕호 항해사) *동지나 해상에서 쓴 시, 전강주, 「박쥐」(38호, ORIENTAL STAR호 기관사), 박우석, 「섬」(41호, 한국연근해어업기술훈련소 선박과), 전강주, 「종장」(42호, ORIENTAL STAR호 기관사), 이식, 「세월에」(43호, CRYSTAL MAGNOLIA호 항해사), 작자 미상, 「바다」(44호)(투망보다 치밀한 일력을 매고/회색 안개를 여미는 청소한 아침//태산을 버티는 나의 노동이여-//해저의 푸르름을 단번에 느껴보네/기다림이 엇는 난무의 광장에서/오늘도 일월을 장식하네//지혜의 눈은 아직도 멀고/아직 열을 간직한 나의 의지도/왜곡된 대화에 영그는가//하나뿐인 진로 위에 놓여진 납덩이 같은 시간의 무게여//언젠가의 승리감을 축복 받고저/내던져진 망각의 세계에서/어둠보다 늦어진 귀로의 허탈//흐느적거리는 곡예사는/뒤덮힌 광장의 그림자 속에서/이념을 다지는 심지의 분노에 불을 당기네//머리 조아린 태양의 저만큼에서/흩어진 의식의 파편을 줍네/깊이모를 푸르름의 저편에서), 권의명, 「항구에서」(45호, 한국연근해어업기술훈련소), 전강주, 「사선」(46호, RELIANCE SERENITY 2기사), 전강주, 「바람아 너만이라도」(47호, RELIANCE SERENITY 기관사), 작자 미상, 「망각」(48호) *어느 외항선원,

한만숙, 「사선」(50호, ASIA MONO 항해사), 작자 미상, 「몽목」(51호), 김성식, 「청진항」(52호, 1971, 5) *1971년 한국일보 신춘문예 당선작, 김성식, 「항해」(53호, SAMUELS 2항사). 이상의 『해기』 자료는 상선의 시적 지향성을 잘 드러낸다. 반면 어선은 서사적 지향성이 뚜렷하다. 이에 관한 실증은 아직 부족하다.

해항 도시 부산은 한국 해양문학의 메카이다. 천금성(어선, 소설), 김성식(상선, 시), 김종찬(어선, 소설), 옥태권(상선, 소설), 김부상(어선, 소설), 이윤길(어선, 시와 소설), 장세진(어선, 소설), 하동현(어선, 소설), 유연희(소설), 심호섭(상선, 시) 등이 문학적 관습을 쇄신하면서 계속 해양문학을 계승하고 있다. 최근 이윤길의 장편 『남극해』는 괄목할만한 성취로 평가된다. 천금성에서 시작한 해양소설의 전통을 전승하면서 이를 한 단계 높이려는 의욕이 눈부시다. 얼음이 깔린 남극해의 항해가 박진감을 가지며 선상 다문화 현실과 기후 위기 등의 변화를 주요한 서사로 포함한다. 공간적으로 인도양, 태평양을 넘어서 남극해에 이른 지점도 눈여겨보아야 할 일이다.

구모룡
문학평론가, 한국해양대 동아시아학과 교수. 『제유의 시학』, 『근대문학 속의 동아시아』, 『폐허의 푸른빛』 등의 저서가 있음. kmr@kmou.ac.kr

∞ 쟁점-서평

짓눌린 혈관과 심장의 르포

『과로의 섬』, 황이링, 까오요우즈 지음, 장향미 옮김, 나름북스, 2021

김서라

『과로의 섬』에서 저자 황이링과 까오요우즈는 보안요원 아웨이의 사례에서 “유일한 회신은 사망증명서뿐이었다.”(105쪽)고 썼다. 그의 죽음은 뚜렷한 원인이 없는 돌연사였다. 컴퓨터 저장기록들을 뒤져 그가 매월 288시간 동안이나 일했으며, 초과근로수당도 받지 못했고, 휴일도 일반 노동자의 60%밖에 안 되었다는 자료들을 제출해도 제도는 반응하지 않았다. 노동위원회는 ‘그가 죽었다’는 것만 확인할 뿐이었다. 결국 노동자 개인의 선택이었다는 말로 무마되는 과로사는 누구도 책임지지 않는 죽음이 됐다. 그래서 과로사는 외로운 죽음이다. 아웨이는 당직을 서다 죽었는데도 과로한 노동자로서 인정받지 못한 것이다. 아웨이는 왜 그렇게 죽었어야만 했는지, 이런 사례들이 왜 또 발생해야만 하는지, 그리고 과로사를 인정받는 일은 왜 이리 어려운 일인지,

저자가 과로사에 대한 기업의 책임을 인정받기 위한 여정을 따라 읽어내려갈 때, 노동자들의 끔찍하게 짓눌린 혈관과 엉망이 된 심장박동을 상상했다. 그리고 그 혈관에 작동했을 압박을 추적하느라 수집된 세세한 기록들과 분석들을 보았을 때, 『과로의 섬』은 노동자의 신체 안쪽부터 잡아먹은 자본주의에 대한 르포로 읽혀졌다.

『과로의 섬』이 다루는 대만의 과로사 현실은 한국에도 마찬가지로 빗댈 수 있다. 대만과 한국 모두 세계에서 가장 오래, 열심히 일하는 국가다. 오래, 열심히 일하는 사람을 칭송하는 것도 같지만 그것에 그치는 것도 같다. 기업주들은 노동자들의 근면성실함을 이용하면서 그들에 대한 책임을 벗어나곤 한다. 위험요소가 큰 일들을 외주화시켜 책임을 자꾸만 바깥으로 내몰거나, 리스크가 없는 일이라도 과중한 양을 부과해 일을 견디는 노동자 개인이 홀로 책임을 지게 만들기도 한다. 기업은 노동의 형식을 자꾸만 자신들 입맛에 맞추면서 노동자의 생체리듬을 무시한다. 노동자들의 뇌 혈관, 심장 깊은 곳에 자기도 모르는 사이 리스크가 차곡차곡 축적된다. 한편에서는 크레인에서 떨어져 삽시간에 삶이 끝장나는 사고가 일어나고, 다른 곳에서는 뇌 속 혈관이 터지고 심장이 멈추는 미시적 재난이 노동현장에 일상화되고 있다. 죽음만 있고 책임이 없는 재난은 도로, 공사장, 물류창고, 사무실, 차 안이나 집 안, 가리지 않고 진행되고 있다.

노동시장의 불확실성을 제도가 보완해주기에는 턱없이 모자라다. 이 책을 읽는 동안 중대재해처벌법이 시행이 얼마 남지 않은 시점이 되었다. 이 법은 38명의 사망자를 낸 2020년 4월 이천 물류센터 공사장 화재사건을 계기로 발의됐다. 이 사고 이후 사업주와 경영책임자의 책임 없이 현장소장과 아래 직원들만이 처벌받았다. 이후 산업재해의 책임을 기업주에게 명확히 지우겠다는 의도로 발의된 중대재해처벌법이었지만, 빗발친 경영계의 반발로 다시 허울뿐인 제도가 되어가는 중이다. 경영책임자가 누구를 뜻하는지 명확하지 않고 처벌 수위가 너무 낮아 산업재해의 책임마저 제대로 지울 수 없어 보인다. 중대재해처벌법의 또 다른 문제는, 그 법이 예외로 두고 있는 부분 때문이다. 이 법은 뇌심혈관계 질환과 근골격계질환 등 '과로'와 연관되는 질병들을 중대재해로 인정하지 않는다. 과로 때문에 자주 발생하는 이 질환은 결국 기업의 책임이 아니라는 것이다. 문제를 노동자 개인의 문제로 몰아감으로써 책임 주체를 흐리는 이 식상한 방식이 여전히 유효한 모양인지, 과로사라는 재난은 여전히 보이지 않는 상태로 남겨지게 되었다. 소홀한 안전관리의 빈틈에서 발생한 피해들을 '산업재해'라고 명명하고 보상받는 일조차 어려울진대, 그 책임자도 불투명하게 처리하는 이 중대재해처벌법에서 과로사는 또 예외의 자리에 놓였다.

자본주의 사회에서 노동자로서 사는 일이 일상과 예외

사이를 위험천만하게 외줄 타는 일이라면, '탄력근무'라던가 '고용의 유연성' 같은 이야기는 그 외줄을 마구 뒤흔드는 장치다. 한국과 대만에서 과로사가 많이 발생하는 배경에는 급속하게 진행되는 노동시장의 유연화라는 공통점이 있다. 노동시장의 유연화는 노동자들이 탄 외줄을 뒤흔드는 거대한 리스크다. 지그문트 바우만이 『액체근대』에 적시한 대로 자본은 현재 유례 없는 자율성을 얻어 얼마든지 일방적으로 그 줄을 끊어버릴 수도 있는 지위를 얻게 되었다. 근대 산업사회에서 자본은 노동에 의존하고 있었으므로 노동자들을 공장에 묶어두고 통제할 필요가 있었다. 그 시기를 넘어서서 자본주의가 전면화된 지금, 자본은 이윤을 위해 초국적으로 자유롭게 이동하면서 더 저렴한 노동자, 더 저렴한 입지들을 찾아낸다. 자본이 이동함에 따라 노동자들은 언제 어디서 해고될지 알 수 없는 불확실성을 홀로 안아야 하는 처지가 됐다. '유연화'와 '재량'이라는 무기로 자본은 얼마든지 노동자들을 이리저리 이동하게 하며, 갑자기 업무의 방향을 바꾸고, 일상을 다시 짜 맞추게 하는 등 노동자의 신체적 리듬을 깨부술 수 있게 되었다. 이제 그건 일상이 되어 '일이 힘들다'고 말할 때마다 사람들은 '어디나 그래'라고 대답하곤 한다.

『과로의 섬』에서 소개되는 피해사례들 중 현장전담책임자 아귀는 가정이 있는 상태에서 권고사직을 당한 경험이 있었다. 겨우 얻게 된 일자리를 잃고 싶지 않았던 그는 모든 일을 성실하게 처리했고 끝까지 버텨보려 했지만 결국 켜진 노트북 앞에서 숨을 거두고 말았다. 그는 6개월 동안 월 평균 37시간 넘게 일했지만, 과로사는 인정되지 못했다. 노동시장의 유연화와 인력을 충원해주지 않는 회사가 짜놓은 판에서 아귀는 벼랑 끝에 선 듯한 불안함 속에서 초과근로까지 해가며 과중한 업무를 처리했고, 결국 죽고 말았다. 그러나 제도는 회사의 편을 들었다. 출퇴근카드에 기록된 시간만을 인정하는 제도의 구태의연함, 그리고 초과근로는 노동자 개인의 선택이라는 의미가 내재 된 과로사 반려 판정은 경영계의 입장을 대변하는 것과 다를 바 없는 추상적인 목소리에 불과하다. 저자가 분석한 것처럼, 기업은 불황이라는 이유로 인력을 줄이고 노동자들끼리의 치열한 경쟁을 유도한다. 그럼으로써 '목숨 걸고 일하는 문화'를 주도하며, 이를 부추기는 사회 분위기는 경쟁에 적응하고 기업의 업무지시에 성실하게 임하는 것을 모범이라고 치켜세우고 그것이 적응이라고 여긴다. 언제 대체될지 모른다는 불안감에, 업무를 거절할 수 없는 노동자들의 스트레스는 신체에 축적되어 쓸려 내려갈 줄을 모른다.

이외에도 저자들이 제시한 의사 리우청야오, 간호사 샤오위, 플래그십스토어 직원 아지에, 운전기사 아셩, 영화사에서 일했던 홍팡위의 사례들은 직종의 유형을 불문하고 발생하는 과로사 유형들이다. 보건의료분야에서 병원이 상업화되고 재단화되면서 의사들의 노동환경은 척박해지고 있다. 넓어진 의료서비스로 인해 환자의 숫자는 늘어나고 있는데 의사의 숫자는 늘어나지 않는다. 이 상황에서 과로는 의사들이 감내해야 할 도의적 책임으로 여겨진다. 이처럼 노동자를 고용하는 기업은 새로운 인원을 더 뽑지 않으며, 직원들의 노동시간을 조각조각 쪼개거나 늘려서 어떻게든 효율적인 업무를 조직하려고 든다. 운전기사 아셩의 경우, 3시간, 5시간 단위로 집과 일터를 오가며 제대로 된 휴식도 취하지 못했다. "쪼개져 산산이 흩어진 노동시간은 마치 거미줄처럼 아셩을 둘러싸고 옴짝달싹 못하게 했다."(222쪽) 다시 말해, 기업이 자기 입맛대로 노동시간을 주무르는 동안, 노동자는 자신의 몸도 쪼개 써야 했다는 것이다. 그 스트레스 때문에 하게 되는 흡연과 음주 등 생활습관의 문제는 과로사를 더 빨리 진척시키지만, 과로와 사망의 인과관계가 제대로 드러나지 못하게 되는 문제를 초래한다. 더구나 홍팡위의 경우처럼, 이메일과 메신저로 퇴근 이후까지 업무가 내려오기도 한다. 다른 일자리를 찾을 수 없을지도 모른다는 불안한 상황 속에서 그만두지도 못하는 노동자들에게 과로사는 절대로 개인의 선택일 수 없었다.

어머니, 아버지 세대에서 '밥 벌어먹는 일'이 자주 '밥 빌어먹는 일'로 변하곤 했을지라도 삶을 지속할 가능성은 있었다. 지금의 청년 세대는 현재 빌어먹을 수 있는 자리마저 부족한 형편에 처했다. 일자리가 있더라도 금세 대체될 수 있는 상황에서 노동자가 감내해야 할 것은 단지 구차함만은 아니게 되었다. 몸이 망가지고 정신이 피폐해져 스스로 목숨을 끊기까지 하는 절망적인 상황이 지속되고 있다. 더 큰 문제는, 이를 개선해야 할 공적 제도마저 자본의 자율성을 허용해주고 있으며 독려하고 있다는 사실이다. 『과로의 섬』의 사례들에서 자주 등장하는 재량근무제가 대표적이며, 한국에서도 유연근무제 중 하나로 재량근무제가 허용되고 있다. 제한된 조건에서만 가능하더라도 회사가 이 제도를 남용한다면 노동자들은 회사가 재단하는 대로 자신의 시간을 내맡겨야 한다. 그러다가 노동자가 과로로 장애를 얻거나 죽고 나서야 무언가 잘못되었다는 것이 밝혀지지만, 산업재해로 인정되고 보상이 이루어지는 일은 더디기 그지없다.

제도 개선을 촉진하기 위해 『과로의 섬』의 저자들은 사례소개에 그치지 않고 몇 가지 대안들을 제시한다. 법정 노동시간을 단축하고 과로를 촉진하는 근로기준법 재량근로제 조항 폐지, 산업재해보험제도의 입법, 산업재해 보호제도 개정 등이 그것이다. 한국의 경우 중대재해처벌법이 어떤 대안이 될지 희망하기도 했으나, 눈에 잘 띄지 않는 과로사는 중대재해로 인정조차 받지 못하고 있다. 과로사를 인정받기 위해서는 과로를 허용했던 제도와 싸워야 한다. 이 과정에서 누군가의 과로사가 산업재해로 인정받기까지 거쳐야 할 절차들은 남은 가족들이 견뎌야 할 고통이 되며, 과로사의 인과관계를 밝히는 문제가 장기화되면서 끝내 인정되지 못한 사례들이 발생한다. 이 죽음들을 사회는 그저 영영 알 수 없도록 처리해버릴 뿐이다.

이 책을 눈여겨보아야 하는 것은, 그저 대만의 과로사 현실을 알리고 대안들을 제시하기 때문만은 아니다. 『과로의 섬』을 번역한 장향미는 『그리고 우리가 남았다』의 저자 중 한 사람으로, 동생을 과로사로 잃고 난 후 한국과로사, 과로자살유가족 모임의 활동하기 시작했다고 한다. 이 모임이 올해 출판한 책 『그리고 우리가 남았다』(한국과로사·과로자살유가족모임, 나름북스, 2021년)는 과로사하거나 과로로 인한 우울증을 겪은 가족을 보낸 유가족들의 싸움을 담았다. 그리고 이들이 합작한 『과로의 섬』은 초국적 자본에 저항하는 트랜스내셔널한 연대의 결과물이기도 한 것이다. 누구도 책임지지 않는 과로의 문제와 싸우기 위해서는 단지 개인이나 국가의 범위가 아니라, 촘촘한 그물 같은 자본주의에 대항해야 한다. 동아시아과로사통신 홈페이지(sites.google.com/view/kwea)에서 간호사, 이주노동자가 과로의 위험에 처해 있다는 소식이 올라와 있다. 우리 혈관 가까이에 있는 과로는 대만, 일본 어딘가 누군가의 심장 가까이에도 있다.

김서라
전남대학교 대학원 박사과정(철학)을 수료했다. 광주 · 전남 일간지 〈광남일보〉에서 2021년 미술평론 당선. 광주의 예술가, 연구자들이 모인 '광주모더니즘' 연구공동체 일원이자, 광주에서 나고 자란 청년여성연구자. 공간정치와 지역의 문화에 대해 관심을 두고 연구하고 있으며, 광주모더니즘 안에서 멤버들에 기대어 가며 겨우 지역에서 산다는 것이 어떤 의미인지 배워가고 있다.

정말 먼 곳의 퀴어들

『**시골시인-K**』, 석민재, 유승영, 서형국, 권상진, 권수진, 이필 지음, 걷는사람, 2021

한재섭

1

아무도 읽지 않을 "비(非)필독도서"들의 칼럼을 야심차게 기획했다가 "리뷰를 쓸 줄 모른다"는 걸 깨달았다는 비스와바 쉼보르스카의 『읽거나 말거나』(봄날의책, 2018)를 인용하는 것은 송구한 일이나 나에게 이보다 적절한 도입부는 없다. 그녀와 내가 읽어야 할 책이 근본적으로 다르지만 나 역시 어쨌든 "문예지에 등장하는 책 소개 칼럼"으로 실릴 일도, 문단의 짜한 "'평론가들의 손에 들어갈 확률도 매우 희박"한 '시골시인'들의 시집에 대한 글을 써야 한다는 중압감은 그녀 이상이라 여기기 때문이다.

솔직히 내가 문학전공자도 아니고 시작(詩作)이든 비평(批評)이든 글쓰기의 특출난 이력을 갖지 않은 상황에서 면전이 아닌 지면에 대놓고 써서 미안하오나 "시를 읽기 전에 시인의 프로필을 먼저 보지 않는다"(권상진, 「가짜시인 생존기」, 61쪽)는 '시골시인'과 달리 나는 시인들의 등단과 수상 이력들부터 훑어보는 '속물'이기 때문이다.

속물들은 식견이 좁음에도 여기저기 기웃거리며 자기를 으스대길 좋아하는 사람인데 이 시집을 펼쳐 든 내가 딱 그랬다. 내심 그들의 '시골'이란 게 교과서에 나온 대로 시적 원체험으로서 그들의 진짜 '고향'이길 바랐으나 아니었다.

석민재는 부산이 고향이고 하동에서 살고 있다. 권상진은 산동네에서 태어나 이젠 "어엿한" 경주시민이란다. 유승영은 서울내기로 "시다운 시를 찾아"온 진주가 아직은 '낯설'단다. 권수진은 군대를 제외하고 마산을 벗어난 적이 없다. 서형국은 창원에서 태어나 고성에서 살고 있다. 이필은 소백산 오지 마을에서 태어나 안동의 단칸방에서 식구들과 "간장종지처럼" 살았다. 그러니까 여섯 명 모두 '고향'을 그리워하다 못해 목이 메여 돌아온 시인들이 아니었다.

아니 그럼 왜 '시골'로 기어 들어간 거야? ktx와 줌(zoom)으로 전 국민이 반나절이 아니라 실시간 생활권으로 접어든지가 언제인데 이 무슨 개부랄꽃 같은 자발적 귀촌인 건지. 제목은 또 왜 K인 건지. 이 나라가 그토록 숭배해마지않는 K-컬처도 아니면서. 아, 이 불편하고 요상한 시인이라는 퀴어(queer, 혐오와 동경으로)[1]들! 시골에 사는 퀴어들! 아니, 시골로, 사는 퀴어들이라고 할까.

2

고향도 아닌 시골에서 시를 쓴다는 것은 아무도 안 읽는다는 것을 전제할 수밖에 없다. 시골에는 아무도 살지 않고, 누군가 산다고 해도 시를 읽을만한 사람들은 거진 사라졌다고 봐야 하기 때문이다. 행여나 고향이라면 꼭 같은 문단이 아니라도 시를 읽고 사줄만한 선후배들이 한두 명이라도 있겠으나 시인 자신부터가 토박이가 아닌 굴러들어 온 이주자라면 영판 불가능한 일이올씨다. 그것도 서울에서 떵떵거리며 입신양명한 시인들도 아니라면 말이다.

'읽을만한'은 사실 '살만한'이란 말과 매한가지이므로 시골은 '읽을만한' 시집이 발간되지도 않고, 무엇보다 시를 '쓸만한' 시인들이 '살만한' 곳이 아니라는 반증이다. 그럼 시골에서는 누가 살고 있는가? 아무도. 누구도. 사람이 살고 있지 않은 곳이 시골이다. 당신이 지금 명품 브랜드 아파트에 살고 있다면, 꼭집어 명품이라고 말하기 부끄럽더라도 몇 백

1 누가 퀴어를 두려워하는가? 속물들이다. 이성애자가 아니다. 글에서 퀴어는 지금껏 이름붙일 수 없었던 비가시적이고 비가청 영역에서 숱한 성적 주체성의 이름을 지칭하고자 하는 용법이다.

세대가 함께 살고 있는 도시의 아파트라면 차를 몰고 시의 경계에 나가 보라. 늘 그랬듯 주말을 즐기러 드라이브 삼아 도시의 경계밖으로 나가 보라. 그리고 잠깐만 눈을 돌려 차를 세우고 시골의 마을들을 주시해 보라.

아무도, 누구도 두 발로 걷는 직립의 인간들은 살고 있지 않음을 확인하게 될 것이다. 모두 세 발, 네 발로 걷는 노인들, 피부색이 다른 인종들—그러니까 이 나라에선 사람이 아닌—만이 누런 담벼락 밑에서, 꽁꽁 언 비닐하우스에서 혈거인(穴居人)마냥 웅크리고 있음을 확인하게 될 것이다. 그리고 안심하겠지. 하지만 차를 돌리지 마라. 이제 당신은 다시는 차창 밖을 주시하지 않을 테니까. 게걸스레 가성비를 셈해가며 분홍속살을 카메라가 줌인(zoom-in)함으로써, '소돼지물고기들'을 '먹을만한' 곳임을 반복증명하는 것으로 끝낸 뒤 다시는 시골에서 내리지 않을 테니까.

그런 시골의 사방에는 뎅겅뎅겅 모가지가 잘린 시인들의 구덩이가 저 구제역의 돼지꽃밭 마냥 도처에 널려 있다는 것을 모르지 않는 시인들도 경계 밖으로 나아감을 무척이나 두려워하고 있다. 살만하고 쓸만한 곳일까? 시골은. 도시의 경계 밖을 주시하며 시를 시작한다. 무모하게.

이필은 「웰컴, 시골시인」(10쪽)이라며,

시골시인의 시간이 다가오고 있다.

잘 가요, 황인숙, 이성복, 전윤호, 그리고 젊고 예쁜 도성
안 시인들이여

라고 선언하지만

마지막 연은 행방불명—
어디서 낱장이 떨어져 나갔는지
알지 못한 채

도성에서 멀어질수록, 도성의 지배자들과 멀어질수록 "목청은 가다듬으며 천천히" "연애시"를 읽을 순 있겠으나 이 시의 수취인도 발신인도 불명일 것을 예감하고 있다.

석민재는 「피아(彼我)」(11쪽)에서 물을 무서워하면서도 강에서 돌을 주워 불에 구워 배꼽에 얹으며 도성 밖으로 나가는 공포를 누그러뜨리려 애쓴다. 그리고 같은 칫솔로 다른 이를 닦는 것을 넘어 나와 너의 경계를 무화시키는 "춤과 노래가 사라"지는 경지에 이르기를 기도한다. 아버지가 아닌 엄마가 꿈에 오고 엄마가 될 때까지.

돌과 물의 태도가 변한다 해도 피아에서
우리가 엄마가 될 때까지

서형국은 「hello」(13쪽)에서 대놓고 반역을 꾀하며 국가를 세운다. "코끼리 무덤에서 거대한 상아를 훔친 자"들이 세운 그 나라는 "오래된 여관"이며 "빙점의 나라"이고, "죽은 자의 피가 고인" 섬이고, "평생을 수절"하며 "항구를 노래하"는 도시의 노래방이었다. 다만 그에겐 희망이 있었으니,

> 세상은 이 나라 국민들을 도망자라고 수배했지만 전생과 후생이 공존하는 나라에선 아무도 서로를 밀고하지 않았다.
>
> ……
>
> 세상 모든 어금니의 무덤으로 망명을 요청하는 사람들
>
> 그들이 소문낸 나라

의 "국경이 무너지고 있다"고 사특한 예언을 내린다.

유승영은 「너를 칭찬해」(15쪽)에서 대놓고 "해골은 내 친구"라며 더 이상 산 자들을 곁에 두려 하지 않는다. 도성의 도시인들에게 제일 만만한 향락지인 저 멀고 먼 섬 제주도에서 "머리카락을 풀어헤"치고 "해골을 들고 노래"를 부르고, "해골바가지에 마시는 물"이 좋다며 무애(無碍)춤을 춘다. 유승영은 결국 "화장장"에서 도성을 지배하는 아버지는 "보나마나 대리석"이라며 아버지를 해골로 만들어놓고도 그들 역시 해골바가지가 되도 "끄덕없을"까 봐 위악스런 웃음으로

애써 감추고 있다.

> 주렁주렁 해골을 달고 아빠에게 갔지
> 와르르 쏟아버렸어 하나도 남김없이 말이야
> ……
> 비가 와도 이제는 끄덕없을 거야 아빠
> 화장장으로 이동하는데 해골은 데굴데굴
> 살 만큼 살아서 괜찮을 거야 웃어대는 해골바가지

그 도성 안의 아버지의 아버지가 지닌 습속의 대물림에 대한 공포는 권수진의 「면경(面鏡)」(17쪽)에서는 거울이란 익숙한 클리셰(cliché) 로 되풀이된다.

> 너의 일거수일투족을
> 똑같이 따라 하지 않으면
> 사랑이 깨질 것 같아

거울에 비치는 자신의 모습에서 타인을 기어코 찾아내어 그의 사랑을 받겠다는 강박관념은 실은 "있는 모습 그대로" 살고 있지 못한 자신에 대한 반성이지만, 끝내 스스로의 얼굴로 폭로할 용기는 아직 갖지 못했음을 정직하게 고백하는 글이다.

나는 자꾸 뭔가를 꾸미고 있다
거울 앞에서 숨기고 싶은
비밀이 너무나 많다

권상진은 「디스코 팡팡」(18쪽)에서 그들이 모두 죽어 나자빠질 것임을 "원나잇의 한때"로 치부될 것임을 섬뜩하니 체감하고 있다. "종이인형처럼 나부끼며 세상과 붙었다가 떨어"지는 신나게 휘몰아치는 디스코 팡팡의 세상은 "개그가 아니라 생존"이라며 아득바득 매달려보지만 "균형을 잃고서야 주인공이" 되는 세상의 냉정한 이치를 도도하게 외면하지 못한다.

음악이 멎으면 표정을 숨기며 계단을 내려오는 사람들
서로의 맨살이나 속옷 따윈 절대 기억하지 않는 원나잇의 한때
살아남은 자들은 모두 묵인한다.

실상 오, 불쌍한 "해골바가지" 같은 문단의 속물들과 작별을 고하고 "도성" 밖으로 나가지만 그들은 시가 누구에게 갈 것인지, 아직도 "곁눈질"을 해대는 나와 너가 얼마나 다른지, 한때 "주인공"이 된다고 하더라고 우리가 세운 나라라

고 "밀고"는 없을지언정 "묵인"이 없겠냐며 푸념한다. 그럼에도 이 모든 것을 명명백백히 알고 있는 여섯 명의 시인들은 스스로의 추방을 결행한다. 경계 밖으로 나아가기를 밀어붙인다. 거기에는 이국(異國)에 대한 낭만 가득 달큰한 흥분도 (아버지가 아닌) 엄마 되기를 선언하는 극렬스런 연설도 없다. 정말 먼 곳으로 달려가버린다. 시골, 정말 먼 곳 말이다.

3

그래서 경계 밖에서 들려오는 여섯 시인의 시는 우리가 한 번도 들어본 적도 가볼 꿈도 꾸어보지 못한 지도의 지명들과 닮아 있다. 이제는 가까워져버린 서쪽 영해 끝 격렬비열도(格列飛列島)가 등장하지 않지만 그들의 시에서 등장하는 지명들은 어디가 어디인지 가늠하기 힘든 정말 먼 곳들이다.

> 고모령, 구례, 동묘, 낙동강과 섬진강, 합천, 부산과 하동, 기림사, 전포동, 창원, 안드로메다, 만주, 부석사, 고치재, 구계천, 내성천, 소백산, 추풍령휴게소, 중앙시장, 삼도, 진주, 산청, 통영, 인천 북성포구 [이 지명들은 시집에 수록된 '시골'을 모두 옮긴 것. 인용자]

이름을 얻으려는 자들이 이길 수 없는 자들이 바로 이름이 없는 사람들이다. 무명. 지명은 이미 이름이 있음에도 아는 곳임에도 우리를 낯설게 한다, 시골이니까, 서울이 아닌. 그런데 저기를 감각하고 있는 '시골시인'들의 시는 '살만한' 도시에 사는 우리의 존재를 흔드는 시골의 정치학이다. 시골과 도시의 편향된 구조를 지도와 말의 끝에서 발본적으로 폭로하는 정치학이자 생태학이다. 속물이 아닌 퀴어로, 토호가 아닌 난민으로.

그들처럼 우리도 세상으로 난 길을 나섰지만 그곳에서 만나는 것은 모두 다 알아듣지 못하는 말뿐이다. 가도 가도 문맹이다. 도성의 말을 배웠다고 문맹을 면했다고 자만하지 마라. 그리고 시골에서 부친 시인의 시 앞에서 우리 모두는 문맹일 뿐이다. 사전을 들고 국경을 넘었지만 그들의 나라에서 문맹해방은 실패일 수밖에 없음을 자각한 아고타 크리스토프처럼.

이제 시골시인들이 갈파한 것처럼 "사랑하는 사람의 말만 알아듣지 못하는 벌"(서형국, 「눈」, 110쪽)을 받은 우리들은 그들을 읽는 데 "꼬박 칠십사 년이 걸"(권상진, 「장편」, 48쪽)려도 알아듣지 못할 게다. 그 언제 우리가 시골을 모른다고, 시골시인의 시를 안 읽는다고 퀴어 취급당한 적이 있었던가? 하는 말이다. 시골을 카메라로 먹어치우는 것 말고는 '외출'을 하지 않는, 일체 봉쇄된 도시에 사는 우리들에게 이 따위 시인들과 시어가 던지는 당혹스러움이 잠깐의 허울 좋은 윤리적인 제스처와 모호한 도시 교양인의 에티켓의 문제로 귀결될 것임을 모르는 사람이 있냐는 말이다. 당신이 정말 먼 곳에 사는 퀴어들, 그래, 시골의 무맹이라면 몰라도.

한재섭(B.1979)

전남대 인류학과를 졸업하고 명지대에서 미술사 석사학위를 받았다. 석사학위 주제는 1980년대 민중미술운동과 신학철의 역사화 연구였으며 지금은 전남대 문화전문대학원에서 지역문화의 보편성과 특이성을 공부하고 있다.

박물관과 미술관, 예술가 레지던시, 콘텐츠 지원기관 등을 거쳐 광주독립영화관을 운영하는 (사)광주영화영상인연대에서 근무했고, 광주 첫 영화비평지 「씬1980」의 편집장이다. 2019년 겨울부터 다종다양한 사람들이 접속되어 있는 광주모더니즘에 참여하여 광주학의 내부와 외부를 공부하고 있다.

현재는 광주민중항쟁 전후 광주문화운동에 대한 연구로 박사학위를 준비 중에 있다. 정동이론을 매개로 기존 연구자들의 엘리트 중심의 항쟁과 문화운동—예술—을 반복적으로 이야기하는 것을 넘어서서, 시민(민중)이나 몫없는 자들을 '이야기'할 수 있는 '언어'인 소문/이미지(예술)를 통해서 광주민중항쟁(즉, 광주)을 바라보려고 노력하고 있다.

형제복지원, 폭력(a) < 저항(b), 진실규명의 반격

『절멸과 갱생 사이 – 형제복지원의 사회학』, 서울대 사회학과 형제복지원구연팀 엮음, 서울대학교출판문화원, 2021

전갑생

“나서지 마라!”

“모난 돌이 정 맞는다!”

두 문장은 한국전쟁기 국가 폭력기구로부터 “빨갱이”라는 이유만으로 죽임을 당한 부모 형제의 유가족들이 입버릇처럼 꼭 하는 말이다. 정(釘), 끝이 약간 날카롭거나 무딘 모양을 지니고 있다. 두 번째 문장에서 사용된 정은 무디며 고운 형태로 돌을 다듬질하고자 사용하는 게 아니다. 저 정은 돌 대신 사람의 머리에 쑤셔 넣었다. 얼마나 끔찍한 일인가. 한국 사회에서 국가나 단체 또는 집단에 저항하려는 사람들은 ‘정 맞는다!’라는 한 마디에 머뭇거리거나 쉽게 포기해 왔다. 그러나 폭력이나 압도적인 무기에도 아랑곳하지 않은 사람들의 저항은 정을 맞는 순간에도 그 누군가 또다시 맞서

싸울 것이라는 희망 섞인 바람 때문이었다.

형제복지원에서 생환한 31명의 구술자들은 박인근 원장에게 저항하지 못한 게 아니라 국가의 권력과 제도화된 시스템에서 조직화할 수 없었다. 언제부터 그런 제도와 폭력이 상시화되었는가. 전쟁포로 수용소와 다를 바 없는 엄격한 규율, 군대의 내무반과 동일한 생활규칙에서 형제복지원에 강제수용된 사람들은 버려지고, 맞고, 끌려가고, 팔려가고, 죽거나 목숨을 건 탈출을 감행하여 다시 우리 앞에 섰다.

서울대 사회학과 형제복지원연구팀의 "절멸(a)과 갱생(b) 사이"는 그 제목에서 형제복지원의 피해자들의 아이러니함을 반영하고 있다. 이 책은 한국 사회에서 부랑아 정책의 역사를 형제복지원 사건과 연결해 한눈에 꿰뚫고 있는 역서이다. 참여한 필자들은 각종 사건의 문서, 사진, 구술자들의 증언까지 동원해 사회학적 관점에서 피해자들의 목소리만 전달하려는 의도보다는 진실규명에서 '이제 시작'이라는 점을 강조하고 있다.

책은 부랑인에 대한 사회적 배제의 구조에서 살펴본 1부, 형제복지원의 운영과 폭력을 분석한 2부, 형제복지원의 사람들과 진실규명을 염원하는 3부로 구성되어 있다. 전체 8명이 부랑인의 역사에서 피해자들의 끈질긴 규명과정을 서술하고 있다.

복지원 = 수용소, 절대적 폭력의 공간

김해형, 박해남, 추지현 세 사람은 일제강점기부터 1980년대까지 한국의 부랑인 정책을 제도사적 관점에서 풀어가고 있다. 필자들은 강제 단속과 구금이 일상화된 구조에서 부랑인 취급 받은 사람들이 누구인지, 어떻게 법 제도 속에서 폭력화되었는지를 살펴보고자 했다. 무엇보다 식민지의 불법적인 강제성이 신군부의 등장 이후 정치 · 사회적 정화라는 미명아래 유산처럼 이어져 왔다는 것이다. 전쟁에서 포획된 포로처럼 부랑인들은 적으로 간주되고 분류와 격리(김재형, 36~37쪽)되어 탈출하지 못하도록 정(釘)과 같은 폭력에 압도되었다. 포로들은 종전과 동시에 모두 송환되었지만, 부랑인들에게 스스로 선택할 자유는 주어지지 않았다. 형제복지원 피해자들은 도시빈민과 건강하지 못한 신체나 정신을 가졌다고 '사회적 배제' 속에서 재분류되어 강제 수용된 사례가 있었다. 히틀러를 비롯한 나치가 폴란드 아우슈비츠와 유사한 각종 노동수용소에 신체적으로 우수하지 못한 사람들을 수용해 절멸시켰다(박해남, 59~66쪽). 조선총독부는 일제강점기 사회주의 활동들을 '아까이(あかい, 공산주의자의 속어 빨갱이)', '부랑아', '문둥이' 등을 적으로 간주해 예방구금이나 강제 구금시켜 소록도와 같은 고립된 섬이나 수용 시설에 감금했다. 한국전쟁기 미군과 정부는 피난민, 부랑아, 전쟁고아들을 각종 복지시설에 수용하고 관리 통제했다.

5.16쿠데타에서 1980년 신군부의 쿠데타에 이르는 군사 폭력의 시대에서 "사회정화와 선별적 포용"이라는 정책은 부랑인들을 강제노동의 고통과 '총력안보체제'라는 허울을 「내무부 훈령 제410호」에서 드러내었다(117~124쪽).

또 하나, 1930년대 생의 할아버지나 할머니들은 누가 그렇게 불렀는지 몰라도 거리에서, 뒷골목에서 아무렇게 잠을 자는 사람들, 밤늦게 술에 취해 길바닥에서 자는 사람들까지 '문둥이'이나 '부랑아'라고 호칭했다. 그리고 이어지는 수식어가 있다.

"공부 못하면 너도 저렇게 된다!"

이러한 서사화 구조는 언제부터인지 알 수 없지만 지금도 변화무쌍하게 새로운 사사를 이어가고 있다. 혐오의 발화는 한센인들에게 '문둥이'라고 지칭하면서 악마처럼 서사화되기도 했다. 한 사람이 논리적으로 말을 잘하면 "너, 빨갱이지?!"라는 대답이 돌아온다. 뒤따라오는 말이 "정 맞는다!"라고 이어진다. 혐오와 폭력은 언제나 우리의 일상을 벗어나지 못하는 것이다.

복지원, 군사화의 폐해

김일환, 소준철, 곽귀병은 형제복지원 재단에 대해 역사와 국가-지역사회의 공모, 폭력의 경제라는 주제에서 잘 풀어내고 있다. 김일환은 '돈벌이'가 된 복지를 한국전쟁기부터 1980년까지 이어진 사회복지 제도와 형제복지원 역사를 통해 분석했다. 형제복지원은 부랑인이나 고아까지 강제 수용하면서 국가지원 외에 외부로부터 후원을 받아 챙겼다(140~152쪽). 국가는 지역사회와 연계한 시스템을 갖추도록 유도해 공생관계를 유지시켰다. 재단 내에서 어떤 일이 벌어지는지 감시와 감독에 소홀한 셈이다. 지역사회가 형제복지원과 담합하면서 폭력적 구조가 유지되는 데 일조한 것이다.

소순철은 형제복지원의 직업보도소와 물적 토대를 분석했다. 이와 비슷한 주제지만 곽귀병은 규율의 환상과 폭력의 경제라는 보다 명확한 군사화된 형제복지원이라는 것을 보여주려고 했다. 곽귀병은 형제복지원의 공간구조와 조직관리구조에서 "물리적 폭력과 통제적 기관"에 속한다고 주장했다. 복지원은 26~28개 소대로 구성된 "내무반"이며 중대장과 소대별로 소대장, 서무, 조장으로 이루어진 수용자의 관리와 통제(201~204쪽)를 보여주는 군사화된 조직이었다. 따라서 피해자들의 저항은 언제나 무력화되고 말았다. 기제는 폭력과 살인에서 기인했다.

> "너희들이 썩을 곳"(205쪽)

이 말은 복지원에서 벗어날 수 없다는 암묵적인 폭언이다. 여기는 영원히 탈출할 수 없는 수용소보다 엄격한 공간이었다. 복지원은 군사화된 조직과 방마다 창살이 촘촘하게 쳐진 "철옹성", 탈출을 막기 위해 경비원 13명과 경비견 13마리를 풀어 24시간 감시했으며 축사 주위에 철조망과 초소 2개(부산일보 "살아남은 형제들 http://brother.busan.com/)까지 설치되었다. 복잡한 공간구조와 철조망 쳐진 수용소에 감금된 피해자들은 마음에서 탈출하겠다는 희망만 키우고 있었다. 이곳에서 최대 3,000명이 수용되었다고 한다(209쪽). 1975~1987년 폐쇄되기까지 약 4만여 명의 피해자들은 일상화된 폭력에서 벗어나려고 탈출에 성공한 여성(1968)과 시위(1987. 2)도 벌였지만, 탈출은 아주 극히 드물었다.

형제복지원 월간지 〈새마음〉(74호, 1986. 12)에서 연인원 36,670명 중 여성만 13,331명이었다. 1986년 11월 30일 남자 2,923명, 여자 725명이었다. 여성이 적은 숫자가 아니었다.

> "남자 소대 같은 경우에는 정박아 소대가 있어 가지고 좀 모지란[모자란] 사람들은 따로 분리는 했었는데, 여자 소대는 분리는 못하니까 아침 1조 점오 저녁 점호 칠 때마다 이

머리를 저녁에 세 시간 전세를 내놔요 꼴아박기를 해야 돼"
(207쪽)

이 책에 등장하는 구술자 31명 중 여성은 4명뿐이었다. 위의 인용문에서 '여자 소대'는 세 시간 동안 속칭 '원산폭격'이라는 체벌을 받았다. 이 책에서도 여성 피해자들의 목소리는 작지는 않지만 앞으로 보충되어야 할 것이다.

"예수의 이름으로! 일어나라, 걸어라, 뛰어라, 찬양하라."

〈새마음〉 74호 표지에 등장하는 문장이다. 복지원은 기독교 교리와 결합된 군사화의 규율이 존재했다. 소대장들의 수기에서 "종교적 교리를 기초로 자신의 생활을 스스로 규제하는 지침"이라고 여겨 교회 집사를 겸임하고 있었다. 기독교적 교리와 군사화된 내무반이 자기 통제와 감금의 논리가 된 것은 아닐까. 그러나 내부에서 벌어진 각종 체벌과 폭력은 기독적인 교리보다 탈출하지 못하도록 하는 기제였다. 이 책에서 피해자들이 "탈출을 시도했다가 실패한 수용자들에게는 '인민재판'이라는 이름의 처벌이 가해졌다"(216쪽)고 증언한다.

형제복지원은 내부의 폭력(a)이 수용자들의 저항(b)보다 강했으며, 국가와 지역사회의 은폐(a)가 진실규명(b)을 차단하고 있었다. 3부에서 이상직과 최종숙은 형제복지원 수용자들을 부랑인에서 피해생존자로, 앞으로 계속되어야 하는 진실규명을 이야기하고 있다. 복지원의 수용자들은 강제 포획과 감금, 탈출의 실패, 퇴소했지만 죽은 자도 있었다.

1987년 2월 정신병동을 중심으로 복지원생 167명의 시위는 내부의 저항과 진실규명의 계기가 될 수 있었다. 그러나 국가는 과거 잘못된 정책과 반성도 없었고 민주화운동의 물결에서도 피해자들의 목소리를 듣지 않았다. 피해자 한종선은 2011년 도가니 사건(훗날 영화 도가니로 재구성)을 보면서 '형제복지원 사건이 더했으면 더했지 덜하지 않다'고 판단하여 2012년부터 1인 시위를 전개했다. 그 이후 2013년 10월 피해생존자 28명을 중심으로 대책위원회가 구성되고 2016년 7월 형제복지원 특별법이 국회에 다시 발의되었다. 2019년부터 피해자들의 끊임없는 투쟁은 2020년 12월 10일 2기 진실화해를 위한 과거사정리위원회가 출범되는 계기를 마련했다. 2021년 5월 20일 형제복지원 인권침해와 선감학원 아동 인권침해, 서산개척단 사건 등이 진실화해위원회에 의해 조사개시 결정이 내렸다.

이 책은 진실화해위원회의 진실규명의 단초를 마련하고

있다. 『절멸과 갱생 사이』는 다시 한번 형제복지원이라는 일개 기관의 문제보다는 국가의 책임과 향후 사회복지법인의 제도적 문제점을 파악해 제도 · 사회 · 인권적인 측면에서 일깨워 주는 소중한 가치를 지니고 있다. 이 연구는 향후 여성 피해자뿐만 아니라, 보다 많은 진실을 찾는 계기가 되었으면 한다.

전갑생

거제 출신이며 대학에서 한국현대사를 전공했으며 주로 냉전문화와 수용소, DMZ, 미군기지를 비롯해 냉전 아시아 등을 주제로 연구하며 미국, 일본, 영국 등 국외 아카이브 조사 수집 및 연구하고 있다.

이것은 꿈이 아니다

『**유토피아로 가는 네 번째 방법**』, 정광모 지음, 산지니, 2021

이정임

표준국어대사전에 있는 꿈의 사전적 정의는 이러하다.

1. 잠자는 동안에 깨어 있을 때와 마찬가지로 여러 가지 사물을 보고 듣는 정신 현상.(이하 1번 잠)
2. 실현하고 싶은 희망이나 이상.(이하 2번 이상)
3. 실현될 가능성이 아주 적거나 전혀 없는 헛된 기대나 생각.(이하 3번 공상)

소설 쓰는 사람이 되기 전의 나는 늘 '꿈'꾸는 사람이었다. 잠이 많은데 잘 때마다 총천연색 꿈을 다채롭게 꿨고, 학창시절에는 상상력이 풍부해 '꿈 많은 아이'라 놀림 받았다. 사는 일이 괴로워 현실에서 자주 도망쳤다. 그러니까 꿈의 정의 중 1번 잠과 3번 공상을 자주 이용하는, 2번 이상을 실현 시키는 일은 '꿈' 꿔본(빌리는 일조차도) 적이 없는 사람.

그러다 소설을 쓰게 되었는데 막연히 3번 정의와 가까울 거라 생각했던 소설 쓰기는 아뿔싸, 쓰면 쓸수록 2번 이상을 고민하는 일이었다. 현실에 일어날 법한 이야기, 일어나야 하는 이야기를 최대한 실감 나게 지어내기. 3번 공상마저도 2번의 이상으로 만들기. 도망치고 싶어도 다시 돌아와 소설 '마감'을 해내기. 삶은 '꿈 1, 2, 3'과 소설 사이에서 갈팡질팡했다.

정광모의 장편소설 『유토피아로 가는 네 번째 방법』에는 이 세 가지 의미의 '꿈'이 몽땅 나온다. 3번 공상일 법한 일을 2번 이상으로 이루기 위한 시도, 과정이 소설의 주된 내용이다. 그것도 1번의 잠을 이용해서 실현할 이상. 그렇다면 이것은 꿈인가, 소설인가. 참 기발한 발상이다.

> 자각몽에서라면 인간은 유유히 유토피아를 즐기고 퍼뜨릴 수 있지 않을까? 이 소설은 그런 물음에서 탄생했다. _「작가의 말」(363쪽)

주민센터에서 9급 공무원으로 일하는 무득은 반복되는 단순 업무와 무례한 민원인 때문에 답답함과 무료함을 느낀다. 그러다 '푸른 탑 꿈 카페'를 통해 '깨어있는 꿈'을 알게 되고, 자각몽(꿈꾸는 것을 인식하며 꾸는 꿈) 상태에서 허공을 자유롭게 날고 싶다는 바람을 이루기 위해 꿈을 자각하는 훈련을 한다. 한편 '푸른 탑 꿈 카페'의 대표 탁우는 '깨어있는 꿈'을 통해 유토피아를 건설하겠다는 야심을 품고 자격을 갖춘 사람에게 동참을 제안한다. 하지만 탁우의 선별에도 불구하고 '깨어있는 꿈'의 세계에 들어온 이들은 모두 지향하는 바가 달랐고 결국 균열이 생겨 '꿈의 유토피아'는 파국에 이른다.

유토피아(utopia)는 그리스어로 '없다'는 의미의 'ou'와 '장소'를 뜻하는 'topos'가 합쳐져 만들어진 단어다. 말 그대로 '어디에도 없는 곳'이다. 어디에도 없는 곳을 왜 이야기하는가? 지금-여기는 괴로운 곳이기 때문이다. 그곳에는 무엇이 있는가? 이 고통에서 '해방'시킬 '무언가'가 있다. '무언가'는 깨어있는 꿈에 들어간 사람마다 다르게 발견된다. 성소수자에게는 진심으로 바라던 완전무결한 신체가 있고, 성적인 해방을 꿈꾸는 이들에게는 환락의 유토피아가 있다. 심지어 망한 벤처기업가는 '깨어있는 꿈'을 영상화시켜 현실에서의 큰 수익을 꿈꾼다. 무득은 도구나 사람의 도움 없이 하는 자유로운 비행이 '무언가'의 시작이었다.

> 무득은 문 안으로 들어와 멀리 보이는 푸른 탑을 향해 몸을 솟구쳤다. 난다. 난다. 나는 날고 있다. 무득은 고도를 높여 똑바로 날아가다 오른쪽으로 몸을 기울여 반원을 그리며 탑 꼭대기에 도착했다. 항로는 사람마다 달랐다. 어떤 사

람은 탑을 향해 똑바로 날아가기도 했다. 고도를 높이면 직선 코스는 바람이 거세져 방향을 잡기가 쉽지 않았다. 탑 주위 바람은 순간순간 방향과 세기가 바뀌었다. 매가 힘들이지 않고 거센 바람을 타고 나는 것처럼 무득은 어떤 방향으로 날아가도 능수능란하게 속력을 조절하고 바람을 탔다.(259-260쪽)

탁우는 인류는 종교와 자본주의, 공산주의 모두 유토피아를 건설할 능력도 전망도 없다는 쓰라린 교훈을 얻었다고 말했다. 그는 유토피아로 가는 네 번째 길을 찾았다고 자신있게 말했다. 이건 대담하면서 확실한 길로 어린이를 탄광으로 몰거나 부자를 강제수용소로 보낼 필요가 없다. 이 길에선 누구도 희생당하지 않는다. 거기다 유토피아를 건설하고 유지하는 비용은 무척 싸다. 공짜라고 해도 괜찮을 정도다. 그 유토피아는 우리의 순수한 의지를 연료로 태워서 돌아간다.(37-38쪽)

이렇게 작가는 '깨어있는 꿈'이라는 가상의 세계를 보여주기 위해 사회적 · 역사적 맥락을 통해 '깨어있는 꿈을 통한 유토피아'의 당위성에 관해 '설명'한다. 동시에 '깨어있는 꿈'에 들어가는 방법, 절차, 꿈속의 장면 '묘사'에 많은 분량을 할애했다. '출구 없는 현실'의 대안이 될 수 있는 매력적인 해방구 역할을 보여주기 위한 장치일 것이다. 현실 세계에서 자각몽을 통한 범죄 가능성을 포착한 경찰청 인물의 등장을 통해서도 '깨어있는 꿈' 세계가 현실에 영향을 준다는 장치까지 마련했다. 어떤 맥락에서 이런 가상 세계가 나왔는지 설명을 읽다 보면 작가가 가진 정보량과 세계를 바라보는 시각에 감탄하게 된다.

하지만 설명과 묘사가 집중된 '깨어있는 꿈' 세계가 거대해질수록 소설 속 현실은 납작해진다. 인물이 가상의 깨어있는 꿈에 매달리는 상황은 인물들의 '절박한 사연'을 통해 보여줄 수 있다. 현실의 고통을 잠시라도 없애기 위해, 고통에서 완전히 도망가기 위해 마련된 유토피아라면 유토피아의 현란함보다 현실의 괴로움이 주는 통증이 얼마나 큰지를 보여줘야 하지 않겠는가.

하지만 아쉽게도 각 인물은 전형적인 캐릭터로 그들의 상황은 단순히 깨어있는 꿈에 들어가야 할 이유로만 설명된다(독자가 인물의 사연을 짐작할 수 있는 사건의 묘사보다 사연을 요약 설명하는 방식이 주로 쓰였다). 취업을 위한 면접에서 '꿈'이 뭐냐는 마지막 질문에 "면접생이라면 누구라도 대답할, 공식에 따른 구태의연한 답"을 하며 떨어진 양태관은 "면접관으로 나서고 싶어서" 깨어있는 꿈에 들어온다. 송아진과 홍리는 자유로운 연애를 위해서다. 그녀들이 현실에서 어떤 고통, 결핍을 겪는지는 오직 꿈속에서 그들이 펼칠 욕망을 통해서만 보여준다. 무득은 지긋지긋한 공무원 생활을 토로하는데 그 생활을 방증하는 무례한 민원인의 모습이 더 생생해 무득의 고통보다 오히려 민원인의 사연에 집중하게 된다. 깨어있는 꿈 세계의 설계자인 탁우는 깨어있는 꿈속에서 통제를 벗어난 이들의 죄를 심판하고 처형하고 추방하는데 결국 그는 추방한 이에게 꿈이 아닌 현실에서 살해된다. 그가 깨어있는 꿈에 얼마나 큰 기대와 희망을 걸었는지는 죽기 직전에 언급한 말들을 통해서 충분히 알 수 있다. 하지만 그가 애초에 깨어있는 꿈에 왜 가게 되었는지, 그가 가진 사연이 무엇인지는 끝내 알 수 없다.

"'리얼리즘적 실감'이 덜한 건 어쩔 수 없다"라는 최학림 선임기자("유토피아를 망치는 건 유토피아주의자야", 《부산일보》, 2021년 7월 1일 15면)의 지적은 깨어있는 꿈이 가상세계라는 이유보다는 인물이 살아가는 현실세계가 가상세계보다 단순하게 설정되어서가 아닐까, 생각한다.

현실세계에서의 묘사가 특히 아쉬운 인물들이 있다. 홍리는 이 작품에서 중요한 열쇠를 쥔 인물(깨어있는 꿈의 입구인 검은 문을 만들었고 유토피아로 가는 네 번째 방법 책도 소장하고 있으며 추방당한 깨어있는 꿈으로 돌아가고자 한다)임에도 불구하고 탁우와 무득의 갈등 상태를 보여주는 보조적인 역할만 수행한다. 홍리를 비롯한 송아진과 이령 등은 독점 관계가 아닌 동등한 다자 관계(폴리아모리)를 꿈꾼다. 추구하는 이상과 현실 사이의 간격이 크지만, 그것을 극복 가능한 현실이 되도록 추구하는 곳이 유토피아라는 메시지를 충실히 보여줄 수 있는 인물들이다. 하지만 소설에는 현실에서 이들이 추구하는 세계가 얼마나 열악한지 보여주지 않는다. 현실의 자신의 몸을 부정하고, 폴리아모리를 깨어있는 꿈에서만 실천하는 이유를 "더 긴장감 있게 즐기고 싶어서"라며 단순히 성적인 쾌락만 추구하는 이들로만 묘사되는 부분이 아쉽다.

소설은 무득이 총을 맞고 허공으로 떨어지는 꿈으로 시작한다. 그 꿈에서 무득은 현실의 '푸른 탑 카페' 문을 떠올리고 "그 문을 향해 떨어지고 있다는 착각"까지 하며 현실의 장면을 떠올린다. 소설의 마지막 장면 역시 무득의 꿈속이다. 잠은 무득을 어둠 속에 끌고 갔지만 "꿈은 전혀 나타나지 않았다." "꿈을 철저히 제거해 순수한 암흑과 평안만을 제공하는 곳"인 홍리의 책방 지하실에서 눈을 감고 잠든다. 꿈으로 시작하는 듯 보이지만 현실이 불쑥 나타나고, 잠들지만 꿈이 나타나지 않는 이 현실의 암흑. 그래서 "유토피아는 결국 무에 가까운 인간이 무에 가까운 공간을 그려낸 거"라고 할 수 있겠다.

하지만 질문이 남는다. 탁우를 죽이는 것보다 유토피아의 문을 없애는 것이 좋지 않았을까, 하는. 그 입구가 남아 있다면 독재자는 얼마든지 나타날 수 있을 테니까. 그리고 '출구 없는 현재'의 대안으로 깨어있는 꿈(유토피아)을 만들었다면 유토피아를 향한 '정신'만은 남겨야 하지 않는가? 그 세계를 '꿈'꾸는 정신, 이 현실이 달라질 수 있다고 상상하는 마음만큼은 살려야 하지 않는가? 라고. 소설이 '꿈'꾸는 이 상향은 그런 마음이라고 생각한다.

무득이 눈을 뜨고 맞이할 아침의 세계는 어디일까. 무득에게 소설 속 어느 세계가 꿈의 세계인가. 소설을 읽는 우리는 현재의 소설에 있는가, 꿈에 있는가, 현실에 있는가.

다섯 번째 유토피아로 가는 방법을 상상해본다. 물론, 이것은 꿈이 아니다.

이정임

2007년《부산일보》신춘문예 소설부문 등단. 소설집『손잡고 허밍』, 산문집『산타가 쉬는 집』,『101가지 부산을 사랑하는 법』(공저). 20회 부산소설문학상, 2017 부산작가상 수상.

∞ 연속비평

「폭력-비판을 위하여」의 행간번역 (3)

윤인로

「폭력-비판Kritik을 위하여」(1921)라는 모종의 시금석Kriterium, 그 100년의 시금試金을 기리기 위한 모종의 실험으로 이 비평연재를 시작했었다. 예고했던 것처럼 2021년 여름 이번 3회로 이 지면에서의 글쓰기는 끝난다. 거듭 '행간번역'이라는 방법 혹은 태도를 취하여 「폭력-비판을 위하여」의 주요 개념들을 다시 분만하는 작업을 무릅쓰고 시도해 보았다고 하겠는데, 힘이 닿질 않아 뜻대로 되지는 않았다.[1] 지금

1 행간번역을 '방법' 혹은 '태도'로 받아들이는 맥락은 다음 문장들과 접선한다: "신성화된 텍스트를 극점으로 한 모든 위대한 저작은 어느 정도이든 행간을 읽어낼 수 있을 잠재적 번역을 소지하고 있는바, 신성화된 텍스트의 행간번역본은 모든 번역의 근원형상Urbild[패러다임] 혹은 이데아Ideal[이상 · 극치(極致/極値)]이다."(W. Benjamin, "Die Aufgabe des Übersetzers", *Walter Benjamin Gesammelte Schriften*, Bd. IV · 1, Hrsg. T. Rexroth, Suhrkamp, 1991, p. 21) 행간에 자리한 잠재적인 번역, 그것은

부터 다시 한 번 그런 분만의 작업을 시도해 볼 것인데, 힘이 닿아 뜻대로 될는지는 여전히 알 수가 없다.[2]

「폭력-비판을 위하여」의 개념군을 다시 편성하려는 의지의 근거이면서, 상보적인 종합의 번역을 행하는 일이기도 하다. 그러므로 행간에 삽입되어 있는 번역, 그것을 여기 특정한 개념군을 대상으로 분만하려는 산파의 의지는 도래할 또 다른 번역언어의 '성스러운 성장' 속으로 다시 흡수될 것이며 거듭 소멸의 활층대를 맞이하게 될 것이다. 그런 파루시아적 언어분만의 권역, 메시아적 산파의 번역권圈/權 속에서 "원문의 삶은 매번 새로운 형태로, 가장 최후의, 가장 광범위한 전개를 맞게 되는 것이다."(발터 벤야민, 「번역가의 과제」[1923], 황현산 · 김영옥 옮김, 『번역비평』 창간호, 2007, 189쪽) 그러므로, 그런 한에서, 「폭력-비판을 위하여」라는 원문의 최후적인 삶 · 생명, 그 매번의 새로운 생-의-전개를 살피는 일은 지속될 수 있다.

2 이 미지의 불안한 작업에 대상이자 준거가 되고 있는 판본들을 다시 한 번 제시해 놓는다: 독일어판 「Zur Kritik der Gewalt」(*GS*, Bd. II · 1, Hrsg. R. Tiedemann u. H. Schweppenhäuser, Suhrkamp, 1991. 이하 표시 없이 인용함), 한국어판 「폭력의 비판을 위하여」(『외국문학』 11집, 이성원 옮김, 1986. 이하 K1); 「폭력의 비판을 위하여」(자크 데리다, 『법의 힘』 부록, 진태원 옮김, 문학과지성사, 2004. 이하 K2); 「폭력비판을 위하여」(『발터 벤야민 선집』 5권, 최성만 옮김, 길, 2008. 이하 K3), 일어판 「暴力批判論」(『ヴァルター · ベンヤミン著作集』, 野村修 編訳, 晶文社, 1969. 이하 J1); 「暴力批判論」(『ドイツ悲劇の根源』 부록, 浅井健二郎 訳, 筑摩書房, 1999. 이하 J2); 「暴力の批判的検討」(『ベンヤミン · アンソロジー』, 山口裕之 訳, 河出書房新社, 2011. 이하 J3), 중국어판 「暴力批判」(『本雅明文选』, 陈永国 · 马海良 编, 中国社会科学出版社, 1999. 이하 C. 목차에 제시된 제목은 「暴力的批判」. 이는 다음 영어판의 중역), 영어판 「Critique of Violence」(*Walter Benjamin: Selected Writings*, Vol. 1: 1913-1926, Ed. M. Bullock and M. Jennings, Harvard UP, 1996. 이하 E), 스페인어판 「Para una crítica de la violencia」(*Iluminaciones IV*, Introducción y selección de E. Subirats, Traducción de R. Blatt, taurus, 2001. 이하 S1); 「HACIA LA CRÍTICA DE LA VIOLENCIA」(*Walter*

1. 낯설게 표기된, 그렇게 특정한 의미로 고안된 "»Vor«recht"라는 벤야민의 낱말. 법의 첫 시작, 그것을 '앞질러'»Vor«, 그 법 위에서, 법의 그 힘[/법 효력정지의 힘]을 '먼저 취득[先取]'함으로써 법의 시초를, 법에 의한 권력의 시초축적을 가동시키는 재량적 게발트로서의 특권, 선재하고 선취하는 특례에 뿌리박은 법권. 줄여 말해, "선취특권»Vor«recht[특례권·선재권]"(이는 벤야민의 »Vor«recht와 Privilegierten[(우선적) 특혜층]에 응하는 여러 역어들 사이에 자리잡는다. "privilège"; "privilégiés"(F, 특권·특혜·특전·은혜; 특권·특혜(자들)), "prerogative"; "privileged"(E, 특권·특혜['pre'right 혹은 'pre'law가 아니다]; 특전[특혜]), "privilegio"; "privilegiados"(S1; S3, 특권[특전·특혜]; 특권[특혜]자들), "privilegi(Vorrecht)"; "privilegiato"(I, 특권[특전]; 특권자들), "prerrogativa"; "privilegiados"(S2, 특권[특전·대권·(국가)최고권]; 특혜층), "«первичное» право"; "привилегиро́ванный"(R, '선

Benjamin. Obras Completas, Libro II/vol. 1, Ed. J. Barja, F. Duque y F. Guerrero, Trad. J. N. Pérez, Abada, 2007. 이하 S2); 「Para una Crítica de la Violencia」(*Ensayos escogidos*, selección y traducción de H. A. Murena, El cuenco de plata, 2010. 이하 S3), 이탈리아어판 「Per la critica della violenza」(Trad. A. Sciacchitano, www.filosofia.it. 이하 I), 프랑스어판 「Pour une critique de la violence」(*Walter Benjamin Œuvres*, tome 1: Mythe et violence, Trad. Maurice de Gandillac, Denoël, 1971. 이하 F), 러시아어판 「К критике насилия」(*Учение о подобии*, Составление и послесловие И. Чубаров, И. Болдырев. М.: РГГУ, 2012. 이하 R).

차적' 권리[‘우선’권·‘수위’권; 시초적·본원적 권리]; 특권층[특별허가(특별면제)된 사람들]), “권리”; “특권층”(K1), “‘특’권”; “특권층”(K2), “‘특’권(‘Vor’recht, 우선권)”; “특권 계층”(K3), “‘特権フォアレヒト’”; “特権者”(J1, ‘특권포어레히트’; 특권자), “〈特〉権(»Vor«recht[〈優先〉権])”; “特権者”(J2, 〈특〉권([…〈우선〉권]); 특권자), “特権”; “特権階級”(J3, 특권; 특권계급), “权利”; “特权阶层”(C, 권세[권력/재력]; 특권계층)). 행간번역어로서의 “선취특권»Vor«recht[특례권·선재권]”이 개시하는 폭력의 형질은 1918년 독일 혁명을 수습한 바이마르 사민주의적 공화국의 ‘의회주의’에 대한 비판과, 이를 위해 인용되고 있는 웅거의 다음 문장들과 직결된다: “타협은 폭력의 정신성향에 속하는 그것의 생산물이며 […] 외부로부터 동기 부여된 것인 한에서 모든 타협은 […] 외부적 강제의 성격을 띤 동인에 대해 생각하지 않을 수 없게 한다.”[3] 1918년 11월의 독일 혁명이라는 특정 정세를 둘러싼 다수파 사회민주주의의 타협적 수습공정은 다음과 같은 문장들로 먼저 제시될 수 있다: “붕괴의 일반적 긴급상태에 직면하여, 혁명은 연속성과 질서를 지킬 필요성에 따라 보수적이고 순응적인 특징을 띠게 되었다. 이는 새로운 국가에 모호하고 비결정적이며 우유부단한 성격을 부여했다. 왜냐하면 그때

3　「폭력-비판을 위하여」에 인용된 에리히 웅거, 『정치와 형이상학』[1921]의 한 대목.

부터 공화국의 구조를 특징적으로 각인시키게 될, 그리고 지난 3년간의 위기[1916~1919]처럼 공화국의 첫5년[1919~1924] 동안 그 운명에 결정적인 영향을 미치게 될 일련의 동맹들과 권력타협들이 시작되기 때문이다."[4] 이렇게 특정하게 고안된 낱말 하나와 그 낱말이 접촉하는 특정한 역사적 상황을 접붙여 언급한 것은, '폭력'이 '법과 정의'에 어떻게 간여하는지를 제시하려는 벤야민의 폭력-비판(게발트-크리틱)을 저 "벌거벗겨진 삶das bloße Leben"의 관점에서 다시 한 번 시도하기 위해서이다. 특권의 타협, 타협의 특권에 의해 행해지는 삶(생명)의 합성과 추방, 그 임의적이고 자유재량적 집행의 폭력에 대한 비판. 그런 유혈적 통치이성의 폭력연관이 스스로의 안전과 재생산을 위해 필요로 하는 목적이자 수단은 무엇인가. 죄, 죄지음, 법적 유죄상태가 그것이며, 그것과 동시적이고 상보적인 빚, 빚짐, 경제적 채무상태가 그것이다:

> **슐트***schuld*[죄≡빚](이 [낱말 속] 개념들의 마력적인 모호성 dämonische Zweideutigkeit[데몬(魔)에 들린 중첩성·양가성]을 보라).[5]

---

4 칼 디트리히 브라허, 『바이마르 공화국의 해체: 민주주의에서의 권력 붕괴에 관한 연구』 1권, 이병련 · 이대헌 · 한운석 옮김, 나남출판, 2011, 70쪽.

5 W. Benjamin, "Kapitalismus als Religion", GS, Bd. VI, p. 102. "마력적인 모호성"이라는 법폭력의 발현 형질에 대한 비판은 게발트-크리틱 전체(의 소명)에 조응하는 것으로서 포착되었고 스케치되었다[포커싱되었고

죄지음≡빚짐의 인간을 보라[Ecce homo]. 말을 만들자면, 호

집약되었다]. "폭력-비판[게발트-크리틱]: 법, 그리고 마력적 권역Kritik der Gewalt: Recht und dämonische Sphäre."(Benjamin-Archiv, Ms 364, *GS*, II · 3, p. 1097) 여기 마지막 연재비평은 벤야민의 그런 수고手稿 편린의 파장과 주름이 어떤 무늬로 펼쳐질 수 있을지에 대한 하나의 답변이기도 하다. "마력적-중의적dämonisch-zweideutiger"이라는 구문의 번역들을 특정하게 배열하면 다음과 같다. "마성적이고 양의적인"(K3), "신화적이리만큼 애매하게"(K1), "다이몬적이고 애매한"(K2), "デーモン的 · 二義的な"(J3, 데몬적 · 이의적인), "魔神的デモーニシュ · 二義的な"(J1, 마신적데모니슈 · 이의적인), "デモーニシュに二義的な"(J2, 데모니슈하게[(악)마적으로] 이의적인), "diabólicamente ambigua"(S1, 악마적으로[지악 · 심악(至惡 · 甚惡)스럽게] 애매모호한), "démoniaquement ambigu"(F, [악]마적으로[신들린 · 마귀들린] 애매모호한[양면적 · 양가적인 · 모순된 · 혼합물]), "demoníacamente ambigua"(S3, [악]마적으로 애매모호한[악마에 씌운 · 들린-양가적인 · 불명확한]), demoniacamente ambiguo(I, [악]마적으로 애매모호한[다의적인 · 알쏭달쏭한]), "demonically ambiguous"(E, [악]마적으로 애매모호한[희미한 · 흐린 · 분명히 규정되지 않는]), "demoníaco-equívoca"(S2, [악]마적-양의적[애매한 · 수상한 · 괴이한]), "демонически-двусмысленным"(R, [악]마적-양의적[애매한 · 표리부동의 · 외설스런]), "含混至极"(C, 지극히 불명확한[모호한]). 행간번역어로는, "마력적인-모호한[데몬(魔)에 들린-중첩되게 해석되는]". 법 경계의 재량적 획정을 '마력적-중의적'이라는 구문으로 표시할 때, 이는 앞서 언급한 "선취특권≫Vor≪recht[특례권 · 선재권]"과 더불어 "필요에 따라 스스로를 뜯어-고쳐-준용함mutatis mutandis[법의 (임의적) 자기정지/자가개량]"이라는 폭력형질의 표어와 접선한다. 법의 경계설정이 명확히 결정되지 않고 있는 상태, 그렇게 모호하고 양가적이며 표리부동한 상태야말로 법의 경계에 관한 임의적인 설정을 가능케 하는 바, 그렇게 모호하고도 미결정적이기에 불문에 붙여지는 법적 결정의 상태가 폭/권/위/력이 가진 마력적인 힘의 근원이자 산물이 되는 것이다.

모 슐탄스Homo Schuldans.이 인간, 그 생(명)을 적정선에서 관리하고 재생산하기 위한 폭/권/위/력의 자기조절적인 사유실체, 법적≡경제적 게발트에 의한 마력적인-이중구속적인 통치합성의 이성·코기탄스. 저 질서화·공안의 기획을 빼곡히 채운 모호성 혹은 '피의 안개'는 독일어 '슐트'의 상호 보완하는 두 요소로서의 죄≡빚이라는 통치중첩성·양가착취성을 준칙으로 생(명)을 침섭한다. 죄의 유도·야기, 죄로의 유인·인도와 동시적이고 중첩적인 빚의 유도·야기, 빚으로의 유인·인도. 법적≡경제적 적정 경계선으로부터의 이탈과 이반을 유도-야기하는 공안과 안전기획의 폭력형질, 다시 말해 죄짓게 함과 속죄시킴, 빚지게 함과 상환시킴의 약정 없는 반복, 무한히 대체보충되는 무죄·구원의 도래와 청산·희년禧年의 양각나팔[요벨] 소리. 죄-속죄와 빚-상환의 그런 순환회로는 법적≡경제적 게발트의 최적화된 합성·합리성으로 구동되며, 그때 죄≡빚으로 중첩된/점철된 유혈적 술어 '슐트'는 다름 아닌 마력적/운명적 질서화이성의 텔로스를 표시하는 코드명·암구호暗口號이다. 그렇게 피를 쏟게 하는, 피에 주린 게발트 연관의 통치-사려Prudence[분별·이해타산의 여신 푸르던스], 달리 말해 피를 통한 적정-선[線/善]의 통치, 피를 둘러싼 운명적 질서화의 계획이 삶·생명을 죄≡빚의 유발 및 유인으로 뒤덮는 조절적 사려의 실천일 때, 그것은 '피'와 '죄≡빚'이 함께 가리키고 있는 삶의 상태를, 곧 벤야민이 "피는 벌거벗겨진 삶을 상징"한다고 썼던 이유 혹은 정황을, "죄책Verschuldung[≡채무]을 짊어져 나르게 된 자의 두드러진 형상[…], 곧 벌거벗겨지는 삶"이라고 쓰게 됐던 상황 혹은 정세를 알려준다. 죄≡빚, 그 마력적 중첩성으로 편재하고 편만되는 운명적 질서화의 프로젝트가 삶 전체를, 생명 일반을 벌거벗겨진 질료로서 분류·가공·배치하기 위한 앎들의 관계망으로 편성된 것일 때, 그 질서란 죄에 대해 속죄시키고 빚에 대해 상환시키는 구제적·구원적 게발트인 동시에 그런 속죄와 상환을 미-래 종말의 때까지 영속화함으로써 생(명)의 힘줄을 처분하고 망각시키는 게발트이다.

1-1. 그런 '운명'의 권능 역시도 "면밀히 설계된 중의성으로 드러난다." 운명이 장려壯麗한 위엄으로서(써) 스스로를 현출시키는 형상이 '면밀히 설계된 중의성planvollen Zweideutigkeit' 이라는 구문으로 표시되고 있는데, 그것의 폭력형질은 여러 번역어들 속에서 상보적으로 의미화될 수 있다: "의도적으로 애매하게"(K1), "의도적인 애매성"(K2), "ambigu voulue"(F, 의도적인[고의적인·필요한·요구되는] 애매모호성), "ambigüedad intencionada"(S2, 의도적인[고의적인·계획적인] 애매모호성), "deliberate ambiguity"(E, 의도적인[계획적인·신중한·숙고한] 애매모호성), "закономерной двусмысленности"(R, 합법칙적[응당한·당연한] 양의성), "計画的な二義性"(J1·J3, 계획적인 이의성), "계획적

인 이의성"(K3), 周密歧义性(C, 주도면밀한[세심한·철저한·빈틈없는] 다의성[중의성]), "綿密に仕組まれた二義性"(J2, 면밀하게 짜여진[궁리된·계획된·조성된] 이의성), "programada ambigüedad"(S1, 프로그래밍된 애매모호성), "plena ambigüedad"(S3, 완전한[가득한] 애매모호성), "ambiguità colma di progetto"(I, 프로젝트[기획·계획·설계]에 가득 채워진 애매모호성). 원어 속의 plan은 계획·의도·복안·구상·설계도·세부지도 등을 뜻하고, 접미사 voll은 앞서도 말했듯이 두루 어디든[遍] 가득 들어차있는[滿] 상태, 충만함·완전함·전면적임·전체적임을 뜻한다. 그 두 단어의 합성은, 단적으로 말해 그런 계획 및 구상과 그것을 향한 의지가 광범위하고도 면밀하게 편성되어 있는 상태이다. 그것은 저 "통곡소리 드높은jammervolle" 질서의 기획에, "만연된 파렴치Schmachvolle"의 폭력설계를 위한 복안에 접속되며, 그때 그것은 재량적 '전-권Voll-macht'의 벡터 속에 있다(그 합성어와 교환 가능한 낱말은 planmäßig로, 그것은 적정선의 탐색·유지·관리를 위한 자유재량적인 절제·안배·절도mäßig의 계획·기획·조직을 뜻한다). 행간번역어로는, "[질서화-]기획을 빼곡히 채운 모호성[미규정성·중첩성]". 운명적 질서화의 공정에 적정선에서 맞춰지는 폭/권/위/력, 곧 질서화를 위한 기획·프로그램으로서의 법적 게발트의 면밀하고도 투철한 모호성·중첩성·무한성. 그 폭력적 마력은 운명적 질서라는 것이 법의 경계를 설정하고 아노미를 억지하고 폭력의 질서를 구축하기 위해 다름 아닌 그 법

경계의 침범을, 그 질서의 해체를, 불법과 무법을 '유도'하고 '야기'하는 게발트임을 드러낸다. 벤야민은 "고대의 운명표상Schicksalsvorstellung"에 대한 헤르만 코헨의 관찰, 곧 "경계의 이탈과 이반을 유도하고 야기하는 것은 질서 그 자체인 듯하다"[6]라는 문장을 인용하는바, 그것은 법=폭력의 질서가 무질서의 조절에 관하여 행하는, 조절적 내전상태를 향하여 행하는 재량결정 없이는 존속할 수 없음을 말해준다. 운명과 합성되어 있는 독일어 Vorstellung은 관념이나 상상을 뜻하되, 단지 그것만은 아닌데, 그 초과분만큼의 용례가 벤야민적 '운명'의 게발트를 표시한다. 그 낱말은 '앞에Vor[Dar]-[내다]세움stellung'이라는 의미화의 연관 속에서 자기를 내세워 소개하거나 연극무대에 나서거나 열병식에서의 정렬·배치상태로 존재한다는 뜻을 함께 갖는다. 즉, 그 낱말이 소개·제시·현출을 뜻할 때 그것은 운명에 대한 "대리Darstellung[제시·재현·연기·상연]-보위"와 접촉하면서 동시에 상연·연기·흥행을 함께 뜻한다(여기까지의 의미구성을 번역할 수 있는 것은 러시아어이다). 나아가 그 낱말은, 곧이어 언급될 것처럼, 운명이 법근원을 향한 '투쟁'으로 발현하는 것일 때에는 군사적 의미에서의 사열·열병식이라는 의전儀典의 스펙터클을 뜻하게 된다. 그렇게 운명의

---

6 벤야민이 인용한 헤르만 코헨, 『순수 의지의 윤리학』[1907] 가운데 한 문장.

게발트벡터를, 곧 벤야민적 '의지와 표상Vorstellung으로서의 세계'의 폭/권/위/력을 개시하기 위해서는――달리 말해 피를 쏟게 하는 죄≡빚의 연관을, 그 모종의 극한이었던 것이 될 히틀러적 '투쟁'의 "표상세계Vorstellungswelt"를, 그런 투쟁적 '정당방위'가 "연출Theatervorstellung[(연)극적으로 상연]"하는 "세계표상Weltvorstellung"[7]의 게발트를 개시하기 위해서는――Vorstellung을 '관(념)'으로 옮긴 역어들의 천편일률을 깨고 '앞에-[내다]세움'에서 발원하는 의미연관을 어떻게든 표출시킬 필요가 있다. 그런 필요에 뿌리박은 행간번역어로는, "운명표상[운명의 연출/의전]". 그것은 '유도'와 '야기'라는 방법으로 구동된다. 풀어 말해, 질서를 위해 무질서를 유인-야기하는 질서주의적 폭력표상, 공공의 안전을 위해 그 안전을 끝내는 공동의 공포와 위기를 유발-사주하는 공안주의적 폭력상연, 법의 수호를 위해 법의 효력을 정지시키는 법침범을 유도-교사하는 법치주의적 폭력의전. 이 폭력들, 폭력의 역설적 변양들은 "법적 게발트의 모든 경우들에 근저로서 가로놓여있는 운명"에, "침범될 수 없기에 깨질 수 없는 운명적 질서에 소속되어 있"는바, 유도와 야기를 옮긴 여러 번역어들은 그런 운명적 질서의 존재론이자 방법론을 상보적으로 표출할 수 있게

---

7 Adolf Hitler, *Mein Kampf*, München: Zentralverlag der NSDAP Eher, 1936[1925/1927], p. 419, 421, 531.

한다. 「행간본 1/1」의 번역어로는, "유도[유인·유발·사주]-야기[인도·중매·초래]하는".[8] 이 유도-야기의 운명적 질서기획은 그렇게 유발되고 인솔된 법의 위반에 대한 일방적 처벌이나 법의 단선적 보위가 아니라, 상황에 따른 법의 재량적 천명闡明과 설정으로 정향되어 있는 폭력이다. 그 법의 설정은 죄형법정에 따른 형벌의 일회적 부과 같은 게 아니라 "속죄"의 반복을 통한, '죄지음-속죄시킴[빚짐-채무상환]'의 재생산을 통해 기획되는 질서화의 폭/권/위/력이다. '야기하다herbeizuführen'의 führen

8 코헨/벤야민의 "유도하고 야기하는veranlassen und herbeizuführen" "운명표상"을 옮긴 여러 번역어들을 제시하면 다음과 같다. "유발하고 초래하는"(K2 · K3), "occasionner et provoquer"(F, 유발[야기]하고 도발[선동 · 교사]하는), "ocasionar y provocar"(S2, 야기[초래]하고 선동[자극 · 유도]하는), "provocar y dar lugar a"(S1, 선동[자극 · 유도]하고 부추기는[꼬드기는]), "ocasionar y producir"(S3, 야기[초래]하고 산출하는), "occasionare e produrre"(I, 야기[유발]하고 산출하는), "引起和产生了"(C, 야기하고 낳게 하는), "cause and bring"(E, 야기하고 초래하는), "引き起こし、もたらしている"(J3, 야기하고 가져오는[초래하는]), "引き起こし、招き寄せる"(J2, 야기하고 불러오는), "ひきおこし、ひきよせる"(J1, 야기하고 끌어당기는), "야기되었다는"(K1), "приводят к отпадению"(R, 인도[초래]하고 이반[이탈]시키는); "운명관"(K1 · K2 · K3), "運命観"(J2 · J3, 운명관), "運命観念"(J1, 운명관념), "命运观念"(C, 운명관념), "conception of fate"(E, 운명의 관념[구상 · 착상]), "la concepción antigua del destino"(S3, 운명의 고대적 파악[애해 · 개념]), "della concezione antica, ha definito il destino"(I, 운명의 뜻을 둘러싼 고대적 관념), "l'idée antique de destin"(F, 운명에 관한 고대적 사고[이념 · 개념 · 관념]), "la idea antigua del destino"(S1), "la antigua idea de destino"(S2), "античные представления о судьбе"(R, 운명의 고대적 표상[제시 · 천거 · 관념 · 상연 · 연극]).

이 '인도·지도·안내·인솔하다'의 뜻일 때, 그 야기·인도의 벡터는 '죄-속죄[빚-상환]'의 영속체를 구축하기 위한 운명적 권/력/위/능의 "투쟁Kampf"으로 발현한다. 인간 니오베에 대한 신화 속 신들의 폭력을 예시하면서 언급되는 운명의 그 권능은 "운명이 반드시 승리하게 되어 있는, 운명의 그 승리로 맨 먼저 법이 드러나 천명되는 그런 투쟁"의 폭권이다. 법근원을 향한 투쟁으로서의 운명, 그렇게 투쟁함으로써 군림할 수 있는, 그렇게 군림함으로써 통치하지 않을 수 있는, 그렇게 통치하지 않기에 직접 조준되거나 타격받지 않을 수 있는, 비닉祕匿된-재량적 섭리Schicksalsfügung로서의 운명, 숨은-신적인 섭정력攝政力[die Regentschaft führen]으로서의 운명적 권능. 다시 말해 항시 대리·재현시킴으로써 결코 범접되거나 침범되지 않는 위광威光으로 보위되는, 안전한-완전한, 시초적인-최종적인 운명적 권능·인도력. 운명이라는 숨은 최고존엄[至尊/至嚴]에 의해, 지엄한 지존의 그 유혈적 영도력領導力에 의해 편성되는 죄-속죄[빚-상환]의 사슬/안개. 줄여 말해, 벤야민적 퓌러Führer[영도자·총통(總統)]의 의지로 운명화되는 유도-야기의 게발트/노모스.[9]

---

9 이 한 단락은 「「폭력-비판을 위하여」의 '마력적/운명적 폭력'에 대해」라는 글의 한 단락을 히틀러가 연출하는 정당방위적 '투쟁'의 '표상세계'와 벤야민적 '퓌러'의 운명적 인도/폭력에 대한 비판으로 보강한 것임을 밝힌다.

1-2. 운명으로 최적화되는 게발트의 그런 두 벡터, 그 마력적 중의성·재량성은 1921년 게발트-크리틱과 동시대적으로 작성된 연구 초안 「종교로서의 자본주의」의 다음 한 대목으로도 표시될 수 있다. "앎의 본성에 있는 도그마, 즉 우리를 엉킨 매듭들로부터 풀어내주는auflösenden 앎의 고유한 특질에 관한 교리가 우리를 구원하면서-살해[살인]하는erlösenden und tötenden 것이기도 하다는 점과 자본주의가 맺고 있는 관련: 구원하면서-처결[처리]하는[~]und erledigende 앎으로서의 대차대조표Bilanz[(경영)손익의 결산회계]."[10] 죄-속죄와 채무-상환의 안개로 생(명)을 침섭하는 통치-사려, 그것은 구원-처결이라는 게발트벡터의 마력적인 양가성을 통해, 살림-죽임生-殺의 통치 손익에 관한 대차대조표를 통해 관철된다. 그 속에서 삶·생명은 언제든 법 안쪽과 법 바깥쪽의 경계선 상에 내놓이게 되는, 벌거벗겨진 맨몸의 상태이다. 거기서 다시 시작하기 위하여, "벌거벗겨진 삶das bloße Leben"을 옮긴 여러 역어들 사이의 차이 한 벌을 펼쳐보기로 하자: "le simple fait de vivre"(F, 단순한 사실이 된 삶[단순화된 삶의 사실]), "단순한 생명"(K3), "纯粹生命"(C, 순수생명), "순수하고 단순한 생명"(K2), "la mera vida"(S1·S2, 단순한 생명[순수한 삶·목숨]), "mero[bloße] vita"(I, 순

10 W. Benjamin, "Kapitalismus als Religion", p. 103.

수한 생명[단순한 생], 대괄호는 I의 역자), "육체적 생명"(K1), "たんなる生(das bloße Leben[剝き出しの生、一切の高次の連関を欠いた生、虚無としての生])"(J2, 단순한 생(~[벌거벗겨진[나출(裸出)된] 생, 일체의 고차적 연관을 결여한 생, 허무로서의 생]), 대괄호는 J2의 역자), "たんなる生命"(J1, 단순한 생명), "単なる生"(J3, 단순한 생), "mere life"(E, 단순한[한갓된] 삶), "la desnuda vida"(S3, 나체가 된 생명[적나라한 삶]), "голой жизни"(R, 벌거벗은 삶[나체로 노출된 생명·생존]). F의 역어 곁에서 「벤야민의 이름」을 쓰던 데리다는 일관되게 '순수하고 단순한 생명'으로 다시 옮겨 사용했고, K2는 "용어상의 통일성"(K2의 역자주)을 위해 데리다의 역어로 번역을 대신했다. 이 대체 혹은 미未번역은 K2가 국역본 『법의 힘』에 '부록'으로 부속되어 있는 특정한 배치와 합성상태의 텍스트라는 점을, 달리 말해 데리다의 논지와 의지가 das bloße Leben이라는 원어에 대한 K2의 (미)번역에 개입·침투하고 있음을 표시한다. 원어가 가진 '살아남은 생 Fortleben[사후(死後)의/불사(不死)의 생명]'의 재점화라는 관점에서 용어상의 통일성이란 『법의 힘』과 그 부록으로서의 K2가 이루는 내부화된 회로를 오히려 초과하면서, 원어에 대한 K2의 (미)번역어를 가능케 한 오염상태를, 그 (미)번역어의 차연적 전개를, 그 통일성의 불가능성을, 그 통일성이 가진 모종의 불능성·불구성을 드러낸다. K2의 역어에서 보이는 통일성과 오염성 간의 그런 관계가 여러 번역어들 사이의 차이를 살

피게 하는 걸림돌이자 디딤돌로 기능하게 되는 이유가 거기에 있다. 행간번역어로는, "벌거벗겨진[순전히 맨몸뚱이로 드러나는] 생(명)". 적나라해진 나신裸身·나체·육체, 오직 목숨을 부지하기 위해 목숨 거는, 저底차원화된, 단單차원화된, 순전히 육肉-적인, 오직 몸뚱아리 하나로 사는, 단지 죽지 못해 사는, 그렇게 살아있으되 죽어있는, 죽어-사는, 달리 말해 일체의 법복이 박탈되고 박피된, 법적≡경제적 합성/추방으로 닦달 받고 있는, 줄여 말해 죄≡빚[속죄≡상환]의 회로 속에서 순연한 희생물로 필요해지는, 그런 삶·생명. 이는 벤야민이 인용부호를 붙이지 않고 인용하고 있는 칸트의 윤리테제, "의심의 여지가 없는 것으로 빈번히 예거되는 최소프로그램으로서의 정언명령", 곧 "당신의 인격 속에 있는 인간성과 마찬가지로 저마다의 다른 인격 속에 있는 인간성을 그저 단순한 수단으로서bloß als Mittel만 필요로 하는 게 아니라 동시에 언제나 목적으로서도 필요로 할 수 있게 행하라"[11]는 격률이 불충분한 것이라고 비판하는 대목을 통해 부각될 수 있다. 이른바 타자를 '단순한 수단'으로 대하지 말라는 칸트 윤리학의 최소성, 이에 대한 벤야민의 비판은 칸트의 그 테제가 '벌거벗겨진[순전히 맨몸뚱이로 드러나는] 생(명)'을 필요로 삼는 수단들의 폭

11 「폭력-비판」에 인용된 임마누엘 칸트, 『윤리형이상학 정초』[1785](이원봉 옮김, 책세상, 84쪽. 번역은 수정).

력연관을 뒷문으로 "용인"하고 말 것이라는 의심에 근거해 있다. 그런 한에서 문제는 칸트적인 '단순한 수단'이 아니다. 그 프로그램의 최소성을 초극하는 래디컬한 문제설정은 벤야민적인 '단순한 수단das bloße Mittel', 곧 "벌거벗겨진[단순화된] 수단"으로 구동되는 폭력연관을 무효화시키는 힘의 발현과 그것의 조절·관리를 둘러싸고 전개된다. '벌거벗겨진[단순화된] 수단'의 폭력연관, 이는 또한 "신들의 헐벗은[적나라한] 발현bloße Manifestation der Götter"으로서의 '신화적 게발트'와 함께, 그런 발현을 통념적으로 인식함으로써 용인하고 마는 "헐벗은bloßes[단순한] 도그마[교리·교의]"와 더불어 피에 주린 게발트의 벡터를 공동으로 구축한다.

2. '벌거벗겨진[순전히 맨몸뚱이로 드러나는] 생(명)'을 필요로 하는 통치-사려의 주[인], 그 주-권主-權적 폭력이 주재하는 죄≡빚[속죄≡상환]의 통치이성 곁에서 그것을 달리 지칭하고 있는 이름, 그것이 저 "신화적 폭력"이다. 이는 또 한 가지 폭력근저의 판/별을 위한 발굴과 획득에 따른 것이며, 그 과정에서 적대로 호명되고 개시되는 유혈적 노모스이다. 그것은 운명적 질서화의 폭력이 지닌 마력적인-모호성을 근간으로, 죄≡빚의 침섭하는 안개 속에서 재량적으로 가해지는 폭력이며, 그리스 신화에 나오는 니오베의 형상을 통해 설명된다: "신화적 게발트는 불확실하며 중의적인zweideutigen[모호한] 운

명의 권역으로부터 니오베의 머리 위로 들이닥친다herein. 그것은 근본에 있어 파괴적zerstörend이지 않다[근본적으로는 파멸시키지 않는다]. 그 게발트는 분명 니오베의 자식들에게 피비린내 풍기는 죽음을 가져다주었지만 어미 니오베의 생명 앞에서는 멈춰 서는바[스스로를 붙들어 정지시키는바], 신화적 게발트는 [잘못한 니오베를 처결하여 끝장내는 게 아니라] 자식들의 최후를 통해 니오베를 예전보다 더 큰 죄책으로 무거워진 삶으로서 영구히 침묵시키며 죄Schuld[≡부채]를 짊어져 나르는 삶으로서 인간과 신들의 경계에 표지석으로 남겨놓기 때문이다." 운명적 질서화의 권역과 효력이 그렇게 중의적으로 해석되는 불확실성에 뿌리박은 죄≡빚의 노모스로 발현 중인 신화적 게발트(또는 법설정적+법보위적=유령적으로 이종교배된 폭/권/위/력). 그렇게 미확정적인-모호한 운명, 지존의 영광으로서 비닉된 그 운명이 법의 근저에 놓여있는 것일 때, 그리고 게발트가 그런 운명으로 최적화되는 것일 때, 게발트와 법과 정의가 맺는 관계는 영구적인 '해석'의 대상으로 거듭 변조變調/變造된다. 그런 변조 속에서 게발트의 크리틱[폭(·권·위·)력의 구분-결정-조율]은 다만 공회전될 따름인바, 죄는 "수수께끼 같은 죄의 암호"[12]로, 안개 속의 죄로 영속화되며, 그 안개 속 암호에 대한 해석의 독점과 준용결정의 재량이 신화적 게발트의

12 발터 벤야민, 「프란츠 카프카」, 87쪽.

방법이자 원리가 된다('누가 해석하는가? 누가 결정하는가?Quis interpretabitur? Quis judicabit?'라는, 홉스+슈미트적 질문은 다시 한 번 결정적인 것, 치명적인 것이 된다). 그런 사정은 벤야민이 카프카의 「법에 대한 의문」을 비평할 때 달리 표현된다. 벤야민은 「게발트-크리틱을 위하여」의 문장들을 「프란츠 카프카」 속에다가 따옴표 없이 자기인용하면서, 'K'에 대한 심판권력이 12표법lex duodecim tabularum(기원전 451년)]보다 더 오래된 선사先史 시대의 것이었다고, 카프카에게 그런 성문법이란 문자로 되어 있으되 '비밀'에 다름 아닌 것이었다고, 그렇게 비밀화된 법을 통해 지배권력은 무제약적이고 재량적으로 폭력을 행사할 수 있게 된다고 썼다. 말하자면 폭력의 역사, 비밀화된 법으로 구축되는 게발트들의 전사前史. 벤야민에 앞서, 그 곁에서, 1920년의 카프카는 이렇게 적었다: "모두에게 널리 알려지지 않은 우리의 [율]법들Gesetze은 우리를 주재하는beherrscht[지배하는] 소규모 귀족집단의 비밀Geheimnis이다. […] 법들은 참으로 오래된 것으로서, 수백 년에 걸쳐 해석Auslegung[훈고·주석]이 행해졌고 이미 그런 해석들조차도 법이 되어 있는 터이다. 어쩌면 자유로이 그런 해석이 가능할 수도 있겠지만 여전히 그 가능성은 울타리 쳐져 상처입고 있다. […] 왜냐하면 법들의 성격을 볼 때 법들은 스스로의 존속을 위해 다름 아닌 비밀로서 보위될 것Geheimhalten을 필요로 하기 때문이다."[13] 고대의 법은 불문율이기에 의문의 대상일 수 없는, 절대적 불문에 부쳐지는 비밀들의 통치arcana-imperii이며, 그런 비밀의 법 혹은 법치의 비밀에 대해 그때그때마다 행해지는 해석들의 누적과 포괄적 확장은 법 효력의 존립과 경영을 위한 정당성의 근거가 된다. 이런 상태는 해석들에 의해 증대되는 법의 두께와 면적을, 법 효력의 용적에 관한 해석들 간의 대체보충적이고 상호증식적인 재생산 공정으로서의 법의 발현을 표시한다. 달리 말해 법의 비밀화된 오이코노미아, 법적 게발트의 아르카나-아카이브. 바로 거기, 그 상태가 운명적 질서화의 미확정적이고 모호한 권역인바, 그것에 대한 해석들의 마력적 회로, 끝없이 증강되는 법의 문들의 주박연쇄/차연회로는 영광-권능으로 군림하는 숨은 운명과의 이위일체로서 등극한 법치폭력의 방법론/존재론을 달리 표시해 준다. 줄여 말해, 카프카+벤야민적 테제로서의 '죄의 안개'.

2-1. 카프카+벤야민적 테제로서의 죄의 안개. 저 신화

---

13 Franz Kafka, "Zur Frage der Gesetze", *Nachgelassene Schriften und Fragmente II*, Hrsg. von Jost Schillemeit, Frankfurt am Main: S. Fischer, 2002, p. 270. 1920년에 작성되고 1931년에 공개된 이 단편의 제목은 (공교롭게도) 벤야민의 「게발트-크리틱을 위하여」와 동일한 구문구성을 취하고 있다. 무릅쓰고 옮기자면, 「법-물음[심문]을 위하여」.

속 신들의 폭력, 질서화 기획의 집행권, 그러니까 니오베의 머리 위로 들이닥쳐 그 생(명)을 침섭하고 있는 신화적 게발트의 형질이 그와 같다. 거기서는 '피비린내'가 난다. 레토 여신의 자식들, 즉 신들을 비교 대상으로 삼아 니오베는 자기 자식들을 자랑했고, 그렇게 넘지 말아야 할 선을 넘은 니오베를 대상으로 레토 여신은 자기의 아들딸 아폴론과 아르테미스로 하여금 니오베의 열두 자식들을 살해하게 하는 분노의 폭력을 대행시켰다. 진동하는 피비린내란 그 열두 시체들이 "아흐레 동안 피투성이가 되어 누워있었고 그들을 묻어 줄 사람이 아무도 없었던"[14] 상태를 가리킨다. 그러나 그런 피투성이 비린내 속에서도 신화 속 신의 가족이 집행한 폭/권/위/력은 정작 니오베 앞에서는 '스스로를 붙들어 세우는' 방식을 취하는데, 왜냐하면 그 신성가족의 게발트가 신과 인간 사이의 경계선을 넘어버린 니오베의 죗값을 니오베 아닌 그녀의 죄 없는 열두 자식들로 하여금 대신 갚게 함으로써 니오베를 한층 더 '죄 많아진' 삶 속으로, 가중된 '죄책을 짊어진' 벌거벗겨진 생(명)으로, 순전한 호모 슈탄스로서 영원히 '침묵'시키기 위한 질서화의 기획이기 때문이다. 니오베에 대한 신화 속 신들의 폭력은 그렇게 '스스로를 붙들어 세움'이라는 자기 억지력·단속력의 사려를 통해, 다시 말해 죄

14 호메로스, 『일리아스』, 천병희 옮김, 숲, 2007, 675쪽.

인의 그 죄·죗값에 대한 모종의 모조적이고 거짓된 면제·면죄·탕감을 통해 죄인을 한결 더 무겁고도 지속적인 죄-속죄의 회로에 주박 들리게 한다. 운명적 질서화의 기획·프로젝트로 최적화되는 신화적 게발트의 자기 조절력을 표시하는 구절 '스스로를 붙들어 세움'의 원어는 "hält"이며, 이는 무법상태를 미연에 억지·방지하는 저 카테콘적 게발트의 성분으로 활용됐던 "halten"의 3인칭 단수 현재형이다. 죄와 벌의 적정한 조합, 죗값과 그것의 상환을 위한 재량적 조정과 조절, 질서계획적 사려와 판별이 행해지는 시공간으로서의 신화적 게발트. 스스로를 억지한다는 이 특질은 신화적 게발트의 벡터가 전前종말론적인(법의 종말을 지연시키는) 힘, 곧 카테콘적 억지력의 성분을 공유하고 있음을 표시한다. 행간번역어로는, "[스스로를-]붙들어-세우는halten[(스스로를) 계류시키는/자기단속적인]".

2-2. 민주정 하에서의 경찰폭력이 그저 법을 보위하는 일에만 한정되는 것이 아니라 그 본질에서 법보위적 폭력과 법설정적 폭력의 유령적인 이종교배를 통해 제약 없이 발현하는 게발트였던 것처럼, 그리고 그것에 앞서 사형이 단지 "법률위반에 대한 처벌이 아니라 새로운 법의 설정"으로 발현하는 게발트였던 것처럼, 니오베의 자식들을 살해함으로써 니오베를 영구적으로 가중 처벌하는 신성가족 아폴론과 아르테미스의 폭력은 "기존 법의 위반에 대한 처벌이라기보

다는 오히려 법을 세우는" 폭/권/위/력이었다. 그런 마력적 유령성/중첩성 속에서, 법적≡경제적으로 가중되고 증식되는 죄≡빚에 의해, 죄책≡채무의 영원한 부과에 의해 삶은 완전한·순전한 무방비상태로 해제解除되어 나체로 벌거벗겨지고, 그렇게 해제解題됨으로써 피비린내 속에서 '희생'되는 생(명)으로 단순화·단차원화된다. 그렇게 맨몸뚱이만이 겨우 남은 생(명)은 신화적 게발트의 주박회로 속에서, 신과 인간 사이에 결코 넘어서는 안 될 경계선을 재갈 물려진 채로 재현하는 '표지석'으로서만, 자유재량적으로 세워지는 법적 게발트의 준엄한 표식·낙인으로서만, 오직 그런 게발트의 위협적인 서명날인을 짊어져 나르게 된 삶으로서만, 달리 말해 신화 속 신성가족의 폭력과 비폭력, 형벌과 은사恩赦, 죄의 유발과 사면으로 둘러 쳐진 신화적 쇠우리의 미확정적이고 마력적인 관할·반복·주기를 가동시키는 동력으로서만, 그렇게 단순화되고 수단화된 질료적 상태로서만 부지될 수 있다. 신과 인간 사이의 경계석이 된 니오베, 곧 신화 속 가부장 제우스가 신성가족의 게발트를 아로새겨 "돌로 만들어버린" 그 죄인은 그렇게 오늘 "아직도 신들이 내린 고통을 되새기고 있다."[15] 경계선을 넘는 삶, 경계획정된 법을 범하는 아노미의 생(명)에 신성가족이 가하는 내란 억지적 폴리차이의 게

15 호메로스, 『일리아스』, 675쪽.

발트가 그와 같다. 신과 인간 사이에 넘어서는 안 될 그 경계선, "신화시대 모든 전쟁 끝자락의 '평화'에 뒤따르는 것으로서 법설정적 게발트 일반의 근원현상"인 경계설정선·질서보위선으로서의 그 적정선이란 필요시에 임의적으로 뜯어고쳐 변경할 수 있는 법의 경계 조정·합성·관리에 최적화된 결재선이며, 법의 자기증식적 재생산/아카이브 구축의 필요시를 결정하는 유혈적 적정선線/善이고, 신화적 게발트가 인민의 안전이라는 이름 아래 조직·전용·횡령·수탈하는 계약의 공공선이다. 저 니오베, 벌거벗겨진 맨몸뚱이의 삶이 돌로 변해 경계 짓는 신과 인간의 적정한 분할/합성의 선이란, 말하자면 신과 인간 사이의 '넘어서는 안 되는 선이란 그들 서로에게 동일한 선'이라고 할 때의 그 선이다. 그때 법의 바깥에 내놓인 삶·생명은 그것을 침섭하는 법권역의 누대에 걸친 누적과 적층이라는 증식적 법의 용적·질량 속에서만, 저 죄의 안개 속에 비닉되어 있는 신화 속 신들의 비밀-특권이 해석하고 결정하는 죄-속죄의 반복연관 속에서만, 죄와 속죄Sühne를 양 극점으로 한 영속적 왕복운동으로서의 신화적 조정재판Sühnegericht[속죄판결]의 피고석에서만 살아있다[살면서 죽어있다, 죽어-살고 있다]. 신들에게도 인간에게도 '다리 밑에서 밤을 지새우는 것은 균등하게 금지'되는바, 그런 균등성-정당성 위에서 신들은 인간이 불가피하고도 불가항력적으로 법적 경계를 침범하도록 유도-야기한다. 그렇게 신들은 인간을 '죄인으로[벌거벗겨진 맨몸뚱이로] 만들고 있다.' 갚을 길 없는 죄≡빚의 증대 속에서만, 멈출 길 없는 속죄≡상환의 연장 안에서만 사는 삶, 거듭 벌거벗겨지는 생(명). 신화적 게발트가 필요로 하는 것이 바로 그런 나체의 생(명)이다. 다름 아닌 그 필요를 따라 신화적 게발트는 "죄를 짓게 함과 동시에 속죄하게 만드는[verschuldend und sühnend zugleich]" 것이다. 이 죄=빚, 속죄=상환의 회로편성을 자기재생산을 위한 일반공식으로 설정하는 신화적 폭력이 '피비린내 풍기는' 것은 그런 까닭에서다.

3. "생동하는 삶에 대한 법의 주재권[Herrschaft]", 다시 말해 창궐하는herrschen 신화적 게발트는 벌거벗겨진 유죄·맨몸뚱이의 삶·생명에, 면역력이 무화된 피의 '희생'에 주려있는바, 그런 희생의 망각·합성과 상기·회복을 둘러싸고 신화적 게발트와 신적인 게발트가 맞서 있다. 차이 속에서 다시 한 번 인용하되 의미의 접선들을 살펴보게 되는 한 문장은 다음과 같다: "신화적 폭력이 희생물을 필요로 하는 데 반해, 신적인 폭력은 그것을 안아돌본다." 마력적 주박Bann관할 내부로 들여지는 동시에 파문·추방당하는Bann 삶, 그런 이중성·모호성 안에서 신성한 제단에 봉헌물로 바쳐지는anathema 동시에 파문·추방당하는anathema 희생물의 생명. 그런 희생제물을 이루는 주성분은 죄-속죄Sühne 회로 내부로의 인도-넘겨줌이며, 그렇게 인도·배분·목양nemein되는 양羊이고, 그 피이다. 말

하자면 신화적 폭/권/위/력이란 게발트-크리틱 버전의 희생양Sündenbock[속죄양]을, 속죄·희생의 피를 강제함으로써만 취득·발현하는 질서·노모스의 다른 이름이다. 신화 속 신들의 폭력, 중재나 매개 과정 없이 직접적이고 즉결적으로 가해지는 신들의 기획폭력. 그 아래로 바쳐지는 성스러운 제물, 희생되는 산 제물. 그런 성스러움이란 다름 아닌 죄책≡채무를 짊어진 자의 형상이었던바, 그렇게 성스러운 피의 희생을 치르는 호모 슐탄스의 생(명)이 항구적인 죄책-속죄의 회로 안으로, 채무-상환의 일반공식 속으로, 줄여 말해 신화 속 신성가족의 게발트벡터 내부로 투하·합성되고 있는 질료적 상태라고 한다면, 그 산 제물은 반복 중인 속죄Sühne의 제물opfer, 피 흘리는 속죄양Sühneopfer에 다름 아닐 것이다. 그렇게 Opfer라는 원어는 죄-속죄 및 빚-상환의 신화적 폭력연관 속에서, 죄책과 채무의 영구적인 재생산 속에서 '[Sühne-]Opfer'로 재점화되며 증강된다. 행간번역어로는, "[속죄를 위해 바쳐지는-]희생의 산 제물[Sühne]Opfer". 저 법적·경제적·군사적 주박관할에서처럼, 죄≡빚의 관리·경영체로서의 자본주의는 "죄를 씻는 게 아니라 오히려 죄를 부과하는 제의의 첫 케이스[16]인바, 그런 한에서, 신화적 게발트가 필요로 하는 죄-속죄와 채무-상환의 중첩회로 속 희생제물은 죽은, 침울한, 무기력한 상태여

16 발터 벤야민, 「종교로서의 자본주의」, 122쪽.

서는 안 되는, 살아있는, 생동하는, 활기 있는 상태, 그렇게 살아있으되 죽어있는, 죽어-사는 상태이지 않으면 안 되며, 그것은 무산자로서만 살아있는, 노동력상품으로서만 살 수 있는, 배분·투하되는 질료적 존재로서만 살고-죽는 상태, 그렇게 죽어야만 살 수 있는 상태와 등질적이다. 죄-속죄의 신화적 폭력공정에 합성되고 있는 희생의 산 제물, 그것은 살림과 죽임 간의 적정선을 통치의 직접적·본원적 조정대상으로 삼는 저 생사여탈적 법집행의 산물이자 대상으로서, 죄≡빚의 마력적 주박권역의 회로 내부로 장치·통할된 '생동하는 생(명)'의 현상형태이다. 그런 한에서, 피에 주린 신화적 게발트는 속죄하는 삶·생명과 생동하는 삶·생명 간의 경계선을 재량적으로 분할/배합하는 희생제의적 매개폭권이며, 그 점에서 자신의 본질을, 곧 신화와 법이 잡종교미된 상태에서 집행되는 유혈적 폭/권/위/력이라는 자신의 근원을 드러낸다. 그런 피의 희생을 멈추게 하는 힘, 이른바 '신적인 게발트'의 벡터를 이루는 지혈止血의 성분들을 분광시켜보는 일이 이후의 과제로 남아 있다.

윤인로
독립출판 "파루시아" 편집주간, 〈신적인 것과 게발트(Theo-Gewaltologie)〉 총서 기획자. 『신정-정치』『묵시적/정치적 단편들』을 지었고, 『이단론 단편: 주술제의적 정통성 비판』『국가와 종교』『파스칼의 인간 연구』『선(善)의 연구』『일본 이데올로기론』『일본 헌법 9조와 비폭력』『정전(正戰)과 내전』『유동론(遊動論)』『세계사의 실험』(공역)『윤리 21』(공역)『사상적 지진』 등을 옮겼다.

문학/사상 4
귀신, 유령의 군도

초판 1쇄 발행 2021년 9월 30일

발행인 강수걸
편집인 구모룡
편집주간 윤인로
편집위원 김만석 김서라
편집장 김리연
펴낸곳 산지니
등록 2005년 2월 7일 제333-3370000251002005000001호
주소 부산시 해운대구 수영강변대로 140 BCC 613호
전화 051-504-7070 | 팩스 051-507-7543
홈페이지 www.sanzinibook.com
전자우편 sanzini@sanzinibook.com
블로그 http://sanzinibook.tistory.com

ISBN 978-89-6545-748-0 03800
ISSN 2765-7167

* 책값은 뒤표지에 있습니다.
* 파본은 구입처에서 교환해드립니다.
* 본지는 한국문화예술위원회의 문예진흥기금에서 원고료(일부)를 지원받아 개간되었습니다.

정기구독/후원 안내

정기구독

1년 정기구독 3만 원
2년 정기구독 ~~6만 원~~ → 5만 원 (17% 할인)
3년 정기구독 ~~9만 원~~ → 7만 원 (22% 할인)

정기구독 혜택

산지니 도서 1권 증정
배송비 무료(해외구독 별도)

정기구독 및 『문학/사상』 후원

1년 정기구독 + 신간 도서 2권 증정 → 5만 원
2년 정기구독 + 신간 도서 4권 증정 → 10만 원
3년 정기구독 + 신간 도서 6권 증정 → 15만 원

정기구독 신청방법

● 아래 링크로 구독 신청서 작성해서 제출하고 입금하기
구독신청 폼: http://naver.me/5U1HMqMl

● 아래 계좌로 입금하신 후 전화나 이메일로 주소, 연락처를 알려주세요.
전화: 051-504-7070
이메일: san5047@naver.com
부산은행 154-01-005889-7 (강수걸)

문학/사상 1

권력과 사회

Σ 권두언

비평지 『문학/사상』을 출범시키며

Π 비판-비평

로컬의 방법에 관한 비평 노트
구모룡 문학평론가

신화적 공간으로서 바다: 최인훈의 바다의 가능성
김건우 독일 빌레펠트 대학 사회학과 박사과정,
〈교수신문〉 독일 통신원

생명-조치권력: 방역=전쟁/정치의 최종심 앞에서
윤인로 『신정-정치』 저자

X 현장-번역

푸코를 통해 판데믹을 이해하기?
필립 사라신 취리히대학 역사학과 교수 지음
김강기명 베를린 자유대학교 철학과 박사과정 옮김

∞ 쟁점-서평

TK 출신 연구자가 TK의 마음을 연구할 때
『대구경북의 사회학』
신지은 부산대 사회학과 부교수

경계를 넘어서: 선택을 강요한 현대사의 비극
『조난자들』, 『한국이 낯설어질 때 서점에 갑니다』
정광모 소설가

재난을 살다: 재난 서사라는 오늘의 보편 문법에 관하여
『부림지구 벙커X』
김대성 문학평론가

문학/사상 2

주변성의 이행을 위하여

Σ 권두시

폭포

조용미 시인

Π 비판-비평

역설과 이행: 중심과 주변을 사유하기 위한 개념적 시론

최진석 문학평론가

자본의 자립화와 노동의 프레카리아트화

정용택 기독교사회윤리학 연구자

"하나는 너무 적고 둘은 너무 많다."

최유미 이론물리화학 박사

X 현장-번역

페스트왕: 알레고리를 포함한 하나의 이야기

에드거 앨런 포 지음, **강도희** 옮김

∞ 쟁점-서평

달리는 열차에 매달린 눈송이의 뜻은

『떠도는 땅』 **정은경** 문학평론가

시의 나라를 위한 착한 무기

『푸른 용과 착한 물고기들의 노래』 **박대현** 문학평론가

'정당한 중국'

『우리들은 정당하다』, 『빅브라더에 맞서는 중국 여성들』 **박민희** 〈한겨레〉 논설위원

에너지에 농락당한 땅에서 자본의 착취를 노동으로 기록하다

『후쿠시마 하청노동 일지』 **채효정** 정치학자

연속비평

「폭력-비판을 위하여」의 행간번역 (1)

윤인로 『신정-정치』 저자

문학/사상 3

오키나와, 주변성, 글쓰기

≡ 『문학/사상』 3호를 내며

Σ 권두시

점유의 공화국 **김해자** 시인

Π 비판-비평

전후 일본의 오키나와론, 그 곤란과 '시작의 앎'
도미야마 이치로 도시샤대학 교수, **윤인로** 옮김

이하 후유의 「일류동조론(日流同祖論)」 재독
-'정치(la politique)'를 놓치지 않기 위하여
사키하마 사나 도쿄대학 동양문화연구소 특임연구원, **김경채** 옮김

유사성의 함정과 연대의 가능성-한국에서 오키나와를 묻다
곽형덕 명지대학교 일어일문학과 교수, 일본문학 연구자/번역가

메도루마 슌과 대항으로서의 문학
심정명 조선대학교 교수

X 현장-비평

동아시아 지중해와 제주 해녀 로드 **구모룡** 문학평론가

∞ 쟁점-서평

구술과 청취: 기록이 남는 순간
『억척의 기원』 **강희정** 문학평론가

바이러스가 드러낸 다층적 시공간으로서의 중국 사회 모순
『우한일기』 **홍명교** 플랫폼c 활동가, 뉴스레터 동동 편집장

내장풍경론
『남아 있는 날들은 모두가 내일』 **김만석** 독립연구자

금기를 넘어와 분단에 갇힌
『절박한 삶』 **정영선** 소설가

ꝏ 연속비평

「폭력-비판을 위하여」의 행간번역 (2) **윤인로** 『신정-정치』 저자